自有夜珠来

《夜光杯》美文征集佳作选粹

新民晚报副刊部　主编

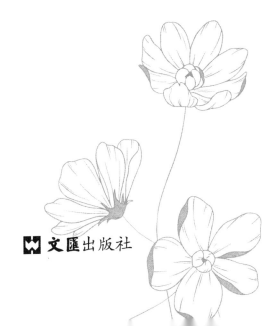

文汇出版社

图书在版编目（CIP）数据

自有夜珠来：《夜光杯》美文征集佳作选粹 / 新民
晚报副刊部主编 . —— 上海：文汇出版社，2025.1.
　　ISBN 978-7-5496-4395-0

Ⅰ . I267

中国国家版本馆 CIP 数据核字第 20240LC085 号

自有夜珠来
——《夜光杯》美文征集佳作选粹

出 版 人 / 周伯军
主　　编 / 新民晚报副刊部
选　　编 / 刘　芳　史佳林　吴南瑶　郭　影
责任编辑 / 张　涛
装帧设计 / 王　翔

出版发行 / 　 文匯出版社
　　　　　　上海市威海路755号（邮政编码：200041）
经　　销 / 全国新华书店
印刷装订 / 上海颛辉印刷厂有限公司

版　　次 / 2025年1月第1版
印　　次 / 2025年1月第1次印刷
开　　本 / 889 mm×1194 mm　1/32
字　　数 / 210千
印　　张 / 9.75

ISBN 978-7-5496-4395-0
定　　价 / 50.00元

序

　　今年是《新民晚报》创刊95周年。作为中国现存历史最悠久的综合性副刊,《夜光杯》创办至今也有78年了。

　　《新民晚报》是一张"飞入寻常百姓家"的报纸,为什么受到读者长久的喜爱,我想,多半也有《夜光杯》的功劳。人民艺术家王蒙在《我为什么喜欢〈夜光杯〉?》一文中说:"因为《新民晚报·夜光杯》和百姓在一起,和柴米油盐在一起,和老少文人在一起,不狂也不狷,不牛也不熊,不趋时也不拔高,不自恋也不自怨他怨,不炒作也不招惹是非,不钻营也不表白做态,它的大众化里有用不着废话的高雅,它的与世无争里有用不着声明的真诚。"他的文章引起了很多读者的共鸣。

　　《夜光杯》日常出版两个版面,名家与普通作者同台,一个版面体现雅中有俗,一个版面体现俗中有雅。细心的读者或许会发现,自1982年《新民晚报》复刊以来,《夜光杯》的这一风格始终没有改变,甚至她的排版方式,也一直遵循"九曲桥"的样子。这些年,虽然传播的生态已经发生了极大的变化,读者的阅读习惯也随之大大改变,但老读者们对《夜光杯》可谓一往情深。不但如此，我们还欣喜地发现，在"小红书"这类新的"生活社区"，年轻的读者正在成批涌现，他们甚至总结了《〈夜光杯〉投稿攻略》，告诉同样喜爱美文的网友，怎么样才能写出被《夜光杯》副刊"王编辑""史编辑"等人看重的文字。

邀请人民群众阅读美文、写作美文，让《新民晚报·夜光杯》成为百姓参与文化表达的平台，是我们发起美文征集活动的初衷。我们也希望通过书写关于自己、关于身边人、关于社会的作品，共同用"小文章"表现文化自信显著增强、精神面貌更加奋发昂扬的新时代新气象。

由中共上海市委宣传部指导，新民晚报社、中共上海市虹口区委宣传部、阅文集团联合主办的"《夜光杯》美文征集活动"，于3月2日在左联会址纪念馆开启，同时还启动了"夜光杯·左联·青年写作计划"，邀请复旦大学、上海交通大学、同济大学、华东师范大学、上海大学等高校的学生一起参与。活动激起热烈反响，至7月31日截稿，共收到来自全国各地的稿件近5000篇，并有部分海外来稿。来稿的作者中，年龄最小的10岁，最大的93岁，跨越了几乎所有写作的年龄段。大量文学爱好者，包括工人、教师、自由职业者、公务员、媒体从业者、大中小学生，都踊跃来稿分享自己对新时代的观察、思考和记录。

我们先期挑选出了20篇美文，于9月9日《新民晚报》创刊95周年之际，在"夜光杯之夜"活动上做了分享。如今，从近5000篇来稿中精选的100篇文章也汇集成册，与广大读者朋友见面了。它们或是注目时代变迁，或是唱响百姓心曲，或是诉说如歌情愫，或是描画青春华彩……从不同角度，展示出作者对"新时代，新旋律"的理解与感悟。

这100篇文章，分为《新视野》《新主张》《新生代》《新呈现》四辑。

《新视野》体现内容之新。新时代，带来新景观，无论是都市还是乡村，都有值得捕捉的画面，等待发现与记录。本辑中，来自东西南北广阔天地的不同视野交汇于此，共同描摹出丰满多姿的新画卷，礼赞振奋人心的新气象。

《新主张》展示观点之新。随时代而变的，是我们的生活方式、生活风尚……这可以是一种回望：对优秀传统文化的赓续、转化、创新、发展；也可以是一种前瞻：在时代变迁的思考之中，倡导适应当下的新观念。

《新生代》反映作者之新。《夜光杯》关注、鼓励青年写作，全书四辑均收录了青年写作者的文章，而本辑则特别集中展示90后、00后甚至10后作者的文本。面对新挑战，年轻人选择用自己的方式开启征程。他们也许阅历尚浅、见闻不广，但他们有可贵的探索心，有丰沛的表达欲，这也是我们喜闻乐见的。

《新呈现》凸显表达之新。文学，说到底是一种表达；在形式上用力，是让创作更有活力的方法之一。本辑中的作品，多能尝试较特别的技巧，规避平铺直叙，从而使得文字趣味滋长，悦目悦心。

时代当歌，美文如画。感念读者、作者对《新民晚报》

的支持，对《夜光杯》美文征集活动的响应。我们欢迎更多热情的作者，以笔抒情，以文言志；也期盼更多优秀的作品出现，在新时代新征程的舞台上闪亮发光。

新民晚报社总编辑　缪克构

2024年11月5日

目录

新视野 第一辑

新主张
第二辑

新生代 第三辑

新呈现　第四辑

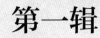

第一辑

新视野

内 容 之 新

都市有新景，乡村有新貌……

用新视野捕捉新内容，记录新时代的这一切。

殷国祥
上　海

家住徐家汇

家住徐家汇。

广厦林立人文荟萃、通衢大道车水马龙、商圈人流摩肩接踵……这就是璀璨炫目的今日徐家汇。我常常在她优美的臂弯中溜达散步，透过满目的繁花去追寻她朴实无华的背影——

推开南窗，看得见正在高架轨道上欢快地穿梭疾驰的地铁3号线列车。然而这车厢里的大多数乘客可能并不知道，自己座下的这条轨交线路的原址，在几十年前曾是沪杭铁路的出城、入城段哪。

那时候，繁忙的铁道线上每天轰隆隆地行驶着一列列火车。每逢星期天的早晨（当时还没有双休日制度呢），儿子总会踮起脚趴在阳台上朝着铁路方向眺望。他侧耳倾听着火车"呜呜"的鸣笛声以及道口"当当当"的警钟声，不断地催促我动作快点。父子俩出门后一路小跑，气喘吁吁地到达中山西路道口的栏杆旁。不一会儿，感觉脚底下的地皮在频频颤动，隆隆的轰响声排山倒海似的涌过来，一辆从南方驶来的旅客列车裹挟着疾风奔跑着、呼啸着，以泰山压顶般的气势迎面扑来。儿子兴奋地对着列车挥舞起双臂，口中嚷嚷着"欢迎——欢迎——"，车窗里的旅客纷纷探出头来张望，有的还来了个小招手。旅人们的脸上虽然挂着掩不住的倦容，嘴角却分明浮现出一丝微笑。目送火车向着北站奔去，儿子的高兴劲儿还能维持大半天呢。

家的东北面，以前有家漕北地段医院，坐落在漕溪北路南丹东路口，走过去仅百步之遥。我经常去二楼的中医科请姚医生把诊。姚医生对待病人温和细致，书写病历、处方规范工整。她一边切脉，一边会把一些中医口诀传授给病人：如"肝心脾肺肾与木火土金水，这是五行对应五脏"喽，如"培土生金、滋水涵木是辩证关系"喽。姚医生的耐心和亲切，会让你的病情先轻了一半。她还经常给老病人们"敲木鱼"："你们这些慢性病人啊，每年到了季节变化的时候，像穿衣啦、饮食啦，一定要自己注意的呀，医生又不能24小时盯牢侬的呀，对吧？"她说话时的那口气、那神态，就好像是病人的大嫂。

还有一楼西医科高年资的荣医生，则更像长着一张刀片嘴而同时怀有一颗豆腐心的邻家大婶。那次，由于我的过失，没有遵照她的医嘱用药，以致拖延了病情及疗程，结果被她劈头盖脸地好一顿训斥。我诚恳地接受并且毫无怨言。因为我懂得，这真正体现了荣医生对病人的负责精神，"爱之深，责之切"呀。

后来漕北地段医院拆迁了，原址上造起了高档商品房楼盘亚都国际名园。姚医生和荣医生也都从此不再联系。

妻子是当家人，她最熟悉的则是当年蒲东路上的露天地摊式农贸市集，它的旧址位于现在的上影广场南侧到中国电信大楼前那一长带。每个星期天的上午，我跟在妻子后面去熙熙攘攘的集市买菜。她在前边和摊贩讨价还价，成交后把菜扔进我手中的篮子里。"阿姨啊，我看你家的爷叔老模范的！"只要碰到与妻子脸熟的摊主都会这样笑嘻嘻地夸赞我。他们为了招徕顾客，慷慨地送我一摞高帽子，其中既藏掖着狡黠的心思，又不失面子上的人情味，的确是一种聪明的生意经。

我至今还保存着一沓20世纪90年代初自己用胶卷拍摄的老照片，拍摄对象是即将拆迁的徐家汇辛耕路天钥桥路南丹东路一带的老区景象：有在风卷残叶的小街上踽踽独行的老者；有在陋巷里手拎马桶的妇人；有周围看不到人影的破败庭院……这些都已成了珍贵的历史记录。

今天的徐家汇，一派阅不尽的繁华。但我不会忘记曾经的铁路道口和火车、漕北医院和医生、农贸市集和人群：那是我心中抹不去的徐家汇的背影，是她不施粉黛的一段年华——质朴而美丽，平凡而深刻。

昨天的徐家汇远去了，我把她轻轻地安放在记忆深处。然后我转过身，热情地拥抱今日的徐家汇，并且期盼明天的她会有更美丽的升华。

家住徐家汇，真好。

石 嘉
上 海

校园猫语

一只猫停在宿舍窗台。

7月的早晨，阳光是鹅绒羽毛质地的。它脚踩空调外机，踩在一片玫瑰色的光晕里，丁达尔效应让每一粒灰尘闪闪发光。它转头看我。

被猫叫醒的日子并不常有。后来我在学校的猫岛网站上查到了它的名字。和那天早上的阳光很不相称的是，它的名字叫乌云。或许是因为它有一身黑毛。

"乌云，男，是否绝育未知，2016年第一次出现，不爱靠近人，喜欢高处……"网站给它配了张一本正经的照片。

像乌云这样登记在册的校园猫，目前有32只。

校园里，猫叫不绝于耳。

曾有老师对一只猫进行素质教育，教导它要文明，学会安静。视频流传到网上，引来一众围观。对一只猫也悉心教导，只动口不动手，可见我们对这些柔弱的生灵宠爱至极。

"没有猫的大学是不完整的大学",学校的招生宣传片少不了它们的身影,入学新生也尊敬地称它们一句"学长学姐"。两米宽的马路,它们往那儿一躺,管你两轮还是三轮,脚动还是电动,全部自觉绕道。草坪、马路、石凳,它们随时随地入睡,把最脆弱的肚皮也翻出来晒晒太阳。它们习惯围观、镜头和抚摸,显得宠辱不惊,像拍惯画报的电影明星。

快节奏的时代,校园生活由一个个"DDL"(deadline,截止日期)组成。对学生们而言,离他们最近的"诗与远方",是大脑放空时传来一声猫语,喂养它们时内心的抚慰。

在本科生公寓必经之路上,有一段地下通道。穿过通道内的涂鸦墙,出口处,你一定会看到一张彩色打印的海报。虽然风格和涂鸦墙上的作品如出一辙,但内容上,更像一张通缉令。

一张猫头照和"绝世大坏猫"五个字占据一半版面。海报下侧,分别从脸部花纹、胡须长度、叫声特点比较了这只猫族通缉犯和另一只杂色狸猫的不同。至于被通缉的原因,其一,曾多次骚扰并抓伤人民群众若干;其二,常于樱桃河右岸小草坪寻衅滋事,挑起狗、鼠、鸟等多族纷争;其三,犯下多起食品私藏案,曾被猫协管理处查处并销毁辣条三袋、小馒头五包、烤肠半根。

第一次经过这张海报,我因为新奇停下脚步。细细研读完罪状后,还不忘掏出手机拍上一张。海报上的它睥睨四方,怎么看也是可爱的。

直到后来,我目睹一场捕猎。

梅雨过后，一只幼鸟掉在地上。它蹲在路边，在我经过时惊慌叫唤。纠结之后，我还是抓起它，放在胳膊上，心里开始盘算躲避宿管阿姨的100种方法。在我站起身后，鸟儿叫得越发用力，没走出两步，它自己随着胳膊晃动的惯性，奋力扑腾翅膀。

一道漂亮的下划线。

它飞出一米多的距离，停在另一棵树的树根上。

一道黑色的影子闪过，盖上树根。鸟儿没来得及发出逃脱后的第一声欢呼，就彻底没了声响。黑猫无视我的震惊，叼起幼鸟，在其他同伴赶来之前，迅速消失。一切发生得太快，我不能确定，那只猫是不是乌云。

很多人爱猫，因为它们喜欢独处，生存空间小，不爱社交，不黏人，不会打扰工作，离开主人也能独自生活，完美适应现代生活节奏。仔细一想，猫的生活方式，或许就是当下年轻人的心灵写照。

但无论是什么原因，我们对猫的偏爱，在一定程度上是选择了善意安放的对象。校园是个半开放空间，很多猫仍具野性，并没有完全被驯化为宠物。

校园，意味着时间和空间意义上的双重限定，是无数个相似的此时此地，再不断换人来演。我们深知自己是旅客，心里有一个早已设置好的沙漏。我们匆忙，专注，奔波，永远担心时间快了或慢了。

猫的生命比人短暂得多，但正因为它们的独立性，反而走在另一个时间轨道上。

一到毕业季，宿舍过道就堆满东西，带走的和留下的混淆不清，垃圾永远清不干净。推行李的车不断来去。听见响动，道路两侧行走的猫，最多偏头看一眼。

我们总是以它们无法理解的快速度流动，行色匆匆，却和它们一样，渴望在一片未知里踏出自己的脚印。我们不怕辛苦，只是常觉孤单。一两声猫语，仿若世外的呼唤，提醒我们在目标、绩点和竞争之外，也有另一些生命同在勃勃生长。

汪满明
上　海

海员的春天

　　当漫天遍野的坚冰在高纬度海域化整为零的时节，那些顽强盘踞在粗壮的锚链、雷达架、舱盖和水密门边缘的冰溜子便再也撑不住了，一会儿刺啦一声，一会儿吱溜一下，一眨眼工夫，把个原本晶莹剔透的身子，在那宽阔的甲板上跌落成七零八落的冰凌花儿碎片。在阳光的照耀下，那些绚烂如万花筒般的冰凌花萼渐次消瘦起来，继而浓缩成细微的冰粒儿，然后不动声色地化成数道清泉，沿着高高的艏楼甲板，由高向低，由前往后，直奔油漆锃亮的主甲板边缘而去。那里，分布着错落有致的泄水孔。那些循规蹈矩的冰泉，会顺着那泄水孔流淌入海，紧随其后实在是吃不住甲板斜坡劲儿的，便绕过泄水孔处嘶啦啦作响的漩涡，径直飞流入海，在三五米高度不等的舷墙处，绘成一幅动感十足的水帘瀑布图。

　　这是一道只有海员才有资格享受的视觉飨宴。

　　然而，即便是这样一道曼妙的视觉飨宴，平日里大大咧咧惯了的粗犷海员们，也是不大会理会的。这么说，绝非海员眼高手低，而是阅遍人间万象的他们，审美观往往超乎常人的挑剔。在他们眼里，这冰雪在季节轮换的作用下做此重返大海的回归，与那高悬百丈的海上龙卷风、美轮美奂的海市蜃楼，还有巨无霸梅尔维尔白鲸与庞然大物巨齿鲨鱼的决斗场景比起来，似乎要逊色了些许。但这冰凌花蕚的消融毕竟是一道景致，一种春日来临的躁动。如若换个地方，这绝美的水帘瀑布便是一曲弥漫于云端山崖与山野院落动听的歌谣，便是麦苗拔节、杨柳抽枝、油菜花儿吐蕊的甘露滋润，便是那潺潺溪流边挽起袖子卷起裤腿的浣衣村姑脸上甜美可人的笑靥。

这可是大地复苏春姑娘造访的气息呀！

微风起处，仪表堂堂的海鸥开始忙碌起来。这群因大海而生的白色精灵，扑棱起天使般的羽翼，开始丈量起蓝天的高度和彩云的厚度来；那翅膀上的空心羽毛管，便是它们与生俱来的气压表。它们忽闪着红色眼圈映衬下的清澈眼球，开始检测海水的透明度。潇洒的身影时而贴着海面迂回，时而越过桅杆翱翔，瀑布激流与海面撞击处，是它们脚尖的橘红和飞沫的洁白舞动起来的浪上芭蕾。这群报春的使者，要用灵敏的红嘴唇检测出海水的盐分比重。它们叽叽喳喳，喋喋不休，决计要讨论出一个结果来，把这些数据去向它们的海员伙伴做汇报，为大海航行提供可靠的气象信息。

藏在深水里的螺旋桨旋动起来了，驾驶台后面的烟囱泛起了袅袅青烟。轮机长钻进了机舱，老船长来到了驾驶台，他举起望远镜，神情专注地遥望远方，用对讲机下达一道道航行指令。旋即，一群卸去臃肿棉袄的年轻水手奔走在甲板上，那是他们听到了船长的号令朝各自的岗位集结。绞缆机欢鸣起来，碗口粗的缆绳在甲板排成了S形。水手江涛把缆绳头杵在那S形缆绳当间，手一扬："哥们儿，这像不像二龙戏珠？""像极了！江涛，龙年到了，这趟公休，还不赶紧把你女朋友拿下，早早生出一个龙子来？""丈母娘不点头，我有啥办法。""嘿，死脑筋。女儿都跟定你了，还怕丈母娘赖账？""我那个丈母娘啊，非要我下船不可。要我继承她们家生产拨浪鼓的万贯家业。""你咋想的？""我的梦在大海。天降大任于是人，我要当船长。""哎，别总说我，那你呢，木匠。你都跑七个月了，为啥不报公休？""我呀，女儿今年高考，老娘常年卧床，钞票不够用啊！"

　　船头驶向了通往港区码头的航道，鸥鸟留在原处觅食嬉闹，球鼻艏犁开了千万重的浪花。哦，这个仪态万千、生气盎然的龙年春天，写在年轻水手归心似箭的行囊里，写在年轻女郎等候男友归来的流盼里，写在沐浴阳光万丈的巨轮上下，写在主甲板最后一撮冰雪里，写在船艉猎猎飘扬的红旗一角，写在沁人心脾的习习海风里，写在老船长那张布满海沟似的皱纹饱经沧桑的脸庞上。

刘国临
浙江杭州

呢喃，呢喃，
依念寻常故园

唰，唰，啾，啾。

清晨，奶奶动笤帚，伴鸟鸣，轻轻柔柔把小院砖砌的T形过道清扫干净，不扬一缕尘烟。花墙两边，浮绿菜苗，顶芽月季，像初醒的孩儿，摇头探脑冲奶奶笑。奶奶嘀咕：该回来了，难不成南方冻雨耽误了行程？

奶奶不寂寞。西邻是清代合院，有房五十八间，雕梁画栋，气派非凡。这幢大宅，现今成了观光景致，车马不息，游人不断，像她老宅东墙外的小溪，步履匆匆，奔忙不休。

奶奶的老宅，曾是西邻主子的三间草房，住过二十多号长工。土改时，分配给祖父，祖父冷不丁翻身做主人，欣喜得使出瓦匠浑身解数，把草房修葺牢固，屋顶苦扎全新黄白草，麻刀白灰将墙面抹二指厚，洁白似镜，显摆自豪荣威。草屋冬暖夏凉，适宜生长种子，拉扯大后代十多口人。

横戈从百战，直为衔恩甚。祖父祖母将五个儿女先后送往战场，报效国家，仅剩两个英雄，就地转业南方安家落户。奶奶最小，招婿，给老人送终，生育三个子女，繁衍十多口。老伴走后，儿孙到城里工作，住楼房，小儿子住别墅，争抢接她，她不去，说日子变好了，自力更生、丰衣足食的好品行不能丢。

朝霞、阳光脚跟脚迈进小院，老榆树密布十五个喜鹊窝，最大的窝搭建九层，喳喳欢叫，炫耀豪气。院围墙上百米，一人多高，青石筑基，青砖为墙，红瓦做帽，厚实漂亮。老伴一人活计，只是围墙留几百个不透亮洞眼，不知做啥。

乡亲富裕后，盖房叠屋建围墙，攀比高大壮观，水泥瓷砖顶天立地，光滑得鸟儿无处落脚做窝。村子林地被征用，树林减少，小溪断流，她这草屋，老榆树，围墙洞眼，是鸟儿最后的家园。老伴说过，给鸟儿留住家，咱们有曲儿听。

奶奶转圈瞅她的三间草房，三十六个泥窝窝，完好地伏挂在屋檐、房梁，有的被麻雀住着，兴许学她看守根本呢。

奶奶走到水井台，这是她领儿女们挖的井。曾经山秃树光，小溪隐踪，她和乡亲只得各自挖井。这井两丈多深，石砌，井口瓦盆粗。摇动辘轳，拎上一罐清水。罐子紫檀色，口小，三耳，腹圆，圈足，釉彩匀称，胎质厚重光滑，古董贩子非要收购，奶奶不卖，我老伴用它打酒，装水，结实，落地滚多少个个儿，没伤半分。你当古董卖？得得，我还有十多个，全是老伴烧制的，宁可砸喽，也不兴骗人。这世道啥都可变，好良心不能变。

奶奶把罐子放平稳，罐口倾倒两波水，双手点湿，拂拭脸颊。罐口水面照清她脸，白净无斑，皱纹细浅，眉清眼秀，还有青春时俊模样。

南山陡峭，杂树生花。后山桃李杏树满园。老座钟迎来送往，游走时光。桃花夭艳，李花青绿，杏花绰约，风儿淘气，摇落几阵花雨，粉、红、青、绿皴染小院，洒奶奶一身。

奶奶笑，摆手，我玩不成儿时新娘哩。拎起这罐清水，脚步小心点进杏花留白，天朗，云悠，风暖。该回来了。

清水细线缝衣，丝滑入锅。吱吱，灶火舔热锅中水，奶奶将葫芦瓢扑入一把小米，探入锅水，一舀一放，手如转磨，早挑剔干净，哪能再滤出半粒杂稗？将瓢沉锅，米粒似小金鱼儿，游动水里。

咕嘟嘟，锅中水声激越，奶奶举文火，粥，咕咕，嘟嘟，声儿轻柔平缓，米香盖不住，早张扬院外去了。

奶奶捏出个黄豆酱腌制的芥菜咸菜，鸭蛋大，切开，白瓤红透，剖成细丝儿，涮洗浮沫，沥干，展盘，如绽红菊。凤凰三点头，滴入自磨香油，切几节儿香菜绿梗，春日盈怀，勾动味蕾。奶奶盘腿坐炕喝小米粥，软糯醇香，搛几柱红咸菜丝，轻淡适口，有春雨杏花飘，溪水百鸟唱，舒坦。

子孙视频：娘，奶，别墅正屋给您留十年了，该回家了。

这儿才是家。

要么，我们，请保姆照看您，成不？

我有伴，开心呢。莫管，你们忙。哟哟，回来啦。

呢喃，呢喃。一群燕子满院盘旋，翩跹放歌，寻恋旧巢，有几只落在奶奶身上，小嘴儿甜甜问安，呢喃，呢喃。

许 伟
辽宁大连

留在树尖上的柿子

三叔杀猪了，叫我去。

我到三叔家的时候，猪已经抓住绑好了。嗷嗷的叫声在山坳里回荡着。

见我来了，三叔和我打声招呼后，便又去忙了。我不愿意看杀猪那情景，就独自一人来到三叔屋后的山坳里。

这里是三叔的一片果园。有杏树，有桃树，有樱桃树，有山楂树，有苹果树，还有四棵柿子树。现在其他树都光秃秃的，只剩下铁青色的枝条在微风中抖动着，而那四棵柿子树的树尖上还悬挂着几个柿子。

我要看的就是柿子树的树尖上留着的那些柿子，那是秋天我来摘柿子的时候，三叔故意让我留的。

那天，我去摘柿子。三叔对我说："树尖上的柿子就别摘了。"

我说："我能够着。"

三叔说："能够着也别摘。"

"为什么？"

"给周围的喜鹊和山里的鸟留着。"

我指着柿子树说："树尖这么高，那些鸟怎么能吃到？"

"放心，管保到了春天，树上一个也不会剩下。"

"三叔，以前你也这样留着吗？"

"对啊。"

我将信将疑。四棵柿子树，每棵树尖上我都留下十几个柿子。

"够不？"我骑在三角梯上，低下头，问站在树下的三叔。

三叔望着风吹过、在树尖上摇晃着的柿子，笑着说："够了。足够了。"

现在出现在眼前的四棵柿子树，只有两棵树上还悬挂着几个柿子，另两棵已经只剩下光秃秃的枝条了。

我踩着积雪，来到柿子树下。树下的雪已经被清理得干干净净。枯萎的杂草趴在底下，几个落在地上的柿子被鸟啄得全是洞洞，一些捣碎的玉米粒散落在杂草中。不远处的树上，几只喜鹊冲着我"呱呱呱"地叫着。也许是怕我抢走它们的美食，抑或是向我致谢。

我站在柿子树下，望着被白雪覆盖的大山。墨绿的松树丛中传来了布谷鸟的叫声。不远处另一棵柿子树下，一群麻雀正低着头，蹦蹦跳跳捡食着地上的玉米碎。我静静地站在原地一动不动，生怕一动就惊飞了这群吃得正香的麻雀。再仔细看四周的雪地上，布满了杂乱无章的、有大有小的鸟的脚印。可以想象，在大雪覆盖时节，无处觅食的鸟儿看到这里有东西可吃，该是多么高兴。

我突然感觉三叔在我面前变得高大起来。一个纯朴的山里人，还想着过冬山里鸟儿们的吃食问题，这境界，这心胸，堪比大山深阔。想当初，我想把树上的柿子全给摘光，这映出了我的自私和心胸狭小。只想自己，却没想到，还有那么多其他生命。以前，我动不动就用偏见的思维去度山里人，说他们有冥顽不化的小农意识，然而，从这件事上却显出，具有小农意识的不是他们，而恰恰是我自己。再想想在广袤的祖国大地上，那些终日无怨无悔、脸朝黄土背朝天的农民，是他们用勤劳的双手养育了城里人，我们又有什么资格不去敬佩和崇敬他们呢！

呱呱，两只喜鹊飞到我的头顶上方，落在柿子树的枝头上，好像在问我："你在想什么呢？"对啊！我在想什么呢？

喜鹊又呱呱叫了几声，声音中透出不安，好像在说："你可不能把我们口粮给拿走呀！"

我抬头，举起右手轻轻挥了挥，"不能，不能。"

呱呱呱，喜鹊欢喜地叫了起来。

三叔从屋里走了出来，冲我喊："大伟，不冷吗？就那么待在外面。快回来，马上吃饭了。"

三叔的喊声，把我从沉思中拽了回来。"好的，三叔。"我这一声，把正在另一棵柿子树下吃食的一群麻雀惊飞了。那呼啦一声，也把我惊了一下。走不远，回头再望，飞走的麻雀一只一只又落回了原地。

屋里，溢满了诱人的香气。

"上屋里，到炕上暖和暖和，一会儿就开饭了。"三叔说。

"三叔，柿子剩不几个了。"

"今年雪下得太频了。亏你留得多。"三叔说着，拍拍我的肩膀，这是在夸我呢，"上炕，中午咱爷俩喝点。"

郑洁婧
新加坡

一个华侨眼中的上海

"上海"两个字于我而言有着特殊的意义和缘分，我们苏浙沪80后这一辈人从小便是看《上海人在东京》《上海沧桑》等电视剧长大的。对上海文化特有的海派都市魅力和蓬勃的生命力，也算打小就耳濡目染，吴侬软语也就显得格外亲切。

记得20多年前，第一次出国念书是从浦东机场出发的。此去经年，不想这里却成了乡愁和人生经历的交集点。去年初春，当时隔三年再次踏上回国的旅途，参加上海市委统战部培训的时候，在上海市社会主义学院的食堂吃到了一碗热腾腾的雪菜毛豆。那时候刚从欧洲和美国结束了长达一年的环球之旅，那种中国胃对家乡美食的热切期盼和渴望瞬间就被点燃了。入口便是久违的家乡的味道，一下竟没忍住泪水，红了眼眶。与其说是一碗家常菜的感动，倒不如说是这几年累积下来的对祖国、亲人，还有朋友的思念之情在这一刻彻底爆发。

这几十年的海外岁月里常常搬家，从韩国、瑞士、美国，一直到新加坡，每换一个地方居住，总会有人问我来自中国哪里，若我说浙江，常因为外国人的地理概念不够清晰，于是便需要加上一句解释"我的家乡在上海附近"。这时候多半会一语惊醒梦中人，对方便明白这是一块属于中国南方的区域，上海的国际化知名度也由此可见一斑。

我有一位要好的德国医生朋友，熟知中国的农历算法，也算半个中国通。大约在20多年前，她就带着幼年的儿子和女儿到中国游览过大好山河。其中上海给她留下了很特别的印象——这是一个开放、包容，又具有江南文化气息的独特城市。我们都很喜欢上海的法国梧桐树，从绿荫成幄里看光影重重，对那种于红尘滚滚里闹中取静的感觉甚是欢喜。前年，我再次去这位朋友家拜访。看着她们一家人在20世纪90年代上海拍的相片，我倒是禁不住与她们玩笑道，我第一次到上海都已经是新千年后的事情了，你们作为老外倒是比我捷足先登了嘛。朋友哈哈大笑，又勾起了往昔旅行的美好回忆。

去年她们一家人又重新回到了中国旅行，时隔20多年再看上海，朋友有了很多新奇的体验。她兴致勃勃地与我讨论着扫码点单、共享单车、电子支付、机器人送餐，还有许许多多的惊奇新体验。当然，最令她觉得不可思议的是，我作为一个中国人竟然不懂如何在上海地铁使用乘车码，直接拿支付宝的支付码去扫码而卡在了地铁入口处，因而闹了一个笑话。此事成了我与朋友之间的一件乐事，每每提到我只能哈哈一笑，国内科技发展日新月异，一段时间不回国，自然也难免成为一个"土包子"了。

今年夏天，我带着8岁的女儿回国探亲。女儿在美国出生，新加坡长大，在她的印象中，中国是妈妈的家乡。而现在，她对中国有了更多的向往和期待，其中就包括她喜欢的上海。在上海，她可以找到喜欢的英文书店，而大学路猫咖里的可爱猫咪，也成了她爱上海的理由之一。女儿曾好奇地问我，上海有一个"海"字，是否因为这里有大海？我笑着告诉她，不仅是因为有海，也因为这里海纳百川。女儿尚且年幼，有些似懂非懂，但我想，过些年她会明白这里面的温暖含义吧。

戚 舟
新疆奎屯

孩子们眼中的"新变化"

　　我永远忘不了新疆维吾尔自治区喀什地区泽普县奎依巴格乡萨依兰干村这25个字，三年下来，我说了无数遍，也在邮寄地址上写了无数遍。

　　五年前，我从1700余公里外的克拉玛依只身来此支教，带了三届村小学一年级的孩子。比起城市，这里显得有些荒凉和贫穷；比起城市，这里多了份乡村的纯粹和烟火气。尤其是三届下来的那62名孩子，给了我一个又一个惊喜和感动，让我切身体会到，在猎猎红旗照拂的这片乡村大地上，到底经历了怎样翻天覆地的变化。

　　还记得开学第一课是看图讲述，主题为"我的家乡有什么新变化"，识图卡片有"高楼大厦""万里长城""飞机"等词。彼时我尚不了解这片土地，也误以为这节课就是要教孩子们用卡片上的图案描述家乡，于是熬了整晚时间编写出一段标准答案："我的家乡有了新变化，平房变成了高楼大厦，家家户户都买了汽车，我也能坐着飞机去看万里长城。"

谁知第二天，课堂上炸了锅，孩子们不认同"标准答案"中的家乡变化。

那个日后让我非常欣赏的孩子阿卜杜热合曼大声说："老师，你有汽车吗？你去过万里长城吗？"

我沉默了，忽然知道自己错在哪儿了，于是问他："那你说说，萨依兰干村有了什么变化？"

"我们住上了红屋顶的漂亮安居房，买了大冰箱，我爸爸开了小商店！"

在他的带动下，孩子们纷纷说起自己眼中的变化。

"我们家开了苹果园。"

"我姐姐上大学不要钱。"

"村里修了好多平整的马路……"

至此，我第一次感受到了祖国西北边陲的乡村新面貌。这世界上没有一个地方到处都是高楼，但只有我们国家用若干年时间，让一座座地窝子一样的偏远山村富了起来，这里有新建的棉纺厂、水果加工厂、电商基地；这里有美如画的乡村公园、林木保护区；这里走出去一个又一个大学生，又迎回来一批又一批返乡青年，共建幸福、美丽、富裕的新乡村。

一年级下学期，在"我的梦想"这一主题交流中，孩子们又给我上了一课。还是阿卜杜热合曼起了头，他说："等我长大了，要当人民企业家，汽车会有的，也能经常坐飞机旅游，但我希望，我的家乡不要全部都是高楼大厦。"

"都住楼房不好吗？"

"那我们的牛羊、草原，还有果园，怎么办呢？"

我望着窗外茂密的核桃园、杏子林，再次陷入了沉思。原来孩子们眼中的变化是日新月异的进步发展，也是传统乡土文化的传承保护。

回想几个月以来和这片土地的亲密接触，我终于明白阿米娜的爷爷已进入古稀之年，为何还要看守那片胡杨林；伊布拉伊的奶奶瞎了一只眼睛，还坚持亲手缝制艾德莱斯绸布的裙子；热比亚的爸爸因公失去了双腿，却不要政府补贴的一分钱，转头学起了十二木卡姆；还有穿过村里的河堤，被村民们一起加固再加高……

第二年，内地有所学校对萨依兰干村小学定点扶助，几乎每个月都有他们寄来的书本和学习用品。懂得感恩的萨依兰干村孩子们向我提议，他们要给内地的哥哥姐姐们送些礼物。于是一年下来，各种各样的新疆特产由我代寄出去，写满那25个字的邮寄单堆满了办公桌……

时光荏苒，如今再回想起支教往事，孩子们眼中有关发展、传承和互助的精神让我记忆尤深。听闻泽普县新建了机场，不知孩子们是否坐上了飞机，去看看他乡的新变化？

许 辉

河南信阳

脚下的两个申城

　　我很喜欢听列车报站的声音，在短促的提示音过后就会有一个熟悉的站点萦绕耳畔，特别是过年前后的列车上，那每一个响起的站点名称都会带着温度。其中"信阳"和"上海"是我最想听到的站点，它们一个是家乡，一个是希望。

　　偶尔会想起第一次来上海，和很多留守儿童一样，在暑假里跟着大人挤进大巴车，就像掉进了大海里的一片树叶，摇摇晃晃，晕车呕吐到不知天地为何物！那个时候也有人报站，当司机斜叼着烟头的大嘴喊出"前面就到上海了，都别睡了，看好自己的包"的时候，那混合着烟雾的声波一下压制住我乱麻样的思绪。我使劲抬起头，用头倚住玻璃，看到了，这就是上海。原来桥不一定都是平直的，它可以弯曲着、盘旋着，遮天蔽日地延伸向远方；原来路也可以如此坚硬平坦，四通八达；原来有种很大的车，你只需要站在路牌下，它就会停下来接你。

　　但这些，我的家乡都没有。

　　毕业后，我在上海工作，自然就免不了会来回穿梭于信阳和上海两地。K字开头的绿皮火车，熙熙攘攘的车厢里人声鼎沸，人们操着相同的口音，交织着温暖的乐章，偶尔在交谈的间歇处，和我一样瞄一眼腕上的手表，然后从嘴中叹息出：时间过得真慢啊！我想这绿皮车上一定住着一个伟大的精灵，它偷听到了我们随口的叹息，于是，它在每个车厢连接处设置出一块电子屏幕，把时间放进去，把站点放进去，把温度放进去，列车在咆哮，120km/h，提速；200km/h，提速；350km/h，继续提速。我们无法掌控时间，却可以突破速度，这样骄人的数字也深深印在屏幕当中，换K字为G字，换日月为新天。所以，中午还在上海吃饭的我，傍晚就已经沐浴在家乡的夕阳中。站到斑驳的路牌旁，我坐上了那种来接我的很大的车，它载着我驶在坚硬平坦、四通八达的路上，稍不注意间又开上弯曲盘旋、遮天蔽日的桥，稳稳地跑向远方。

像这些，我的家乡都有了。

正如这两个申城之名的缔造者——春申君黄歇，因忠信宽厚而成为战国四君子之一，我想君子之名会一直烙印在这两座城市上，在轰轰烈烈的基建和改革当中，伴以宽容、尊重人性的君子之道，就是城市不朽的人文。

洪方敏
———
浙江温岭

时代变迁，新故相推

上个月去浙东沿海某个旅游开发小镇谈合作项目。

临出发的前一天，团队里的老曹岳母过世了，他要去料理后事，无法成行，叫我们先去接洽。

说了几句安慰的客套话，我与其他同事就出发了。

项目地离我们300多公里，高铁2个小时。当地文旅的接待了我们，带我们去实地走了一圈。这个海边的小镇，是我的故乡。借着文旅的东风，想搞点高大上的海上文旅项目。

得知我是当地人后，接待方的人顿时神情变得轻松许多，讲话也不那么冠冕堂皇了，说的内容也随意多了。

小镇枕山面海，石头房子依山而建，石头路盘旋穿梭，把村庄和各家各户连接起来，层层叠叠。午后的阳光强烈，落在海面则金光粼粼，落到地面则将那些房子背阴向阳，分割得明暗鲜明，有种杜甫诗里"阴阳割昏晓"的感觉。

几百年来，小镇就这样不断用岁月为这里的一切增添古老。

接待的人笑着说，这里应该是你最熟悉的。

我点点头，毕竟离开已经快20年，即使回来，也只是过年的时候，做客一般的几天而已。所有的记忆和认知，都只停留在年少的时光里。但是，还是装出一种了然于胸主人一样的情怀。

昔日的山陬海隅，现在成了网红旅游地。接待的人向我们介绍，这里每年吸引了百多万游客呢。我问接待的人，现在镇上人口有多少？

他思索了一下，说："大概只有4万多5万不到吧。"随后接了一句："这样才有开发的条件啊。"

"嗯嗯。"我略有所思。

在20世纪80年代中期，这里大概有6万人口。到20年前的21世纪初，也就是中国经济腾飞的时候，人口接近12万。20年后的现在，竟然比40年前还要少了。浙江沿海的许多乡镇都是这样的吧，经济发展，人口迁徙，此消彼长。大城市的虹吸超过以往任何时候。

城市化、现代化是一个社会规律，我们身历其中，享受了它所带来的各种福利，也改变了一家、一村、一镇的传承和延续。这种改变，每个人深陷其中，有的开心，有的不安。

回到城市，大家讨论考察结果。和老曹喝茶闲聊，说起料理他岳母后事的事情。

他说最后在这个城市买了个墓穴，把岳母葬在这里了。这是他老婆的想法，也是他岳父的意思。等他岳父百年之后，也葬在这里。

老曹是快奔五的人了。30年前从山沟沟里考上大学，就在这里生根发芽。算是改革开放后第一代城市化的人。而他的岳父母，大半辈子的时光在乡下度过，最终老后还是选择了跟随子女终老，葬在城市。

老曹说，或许他们有叶落归根的想法，回老家，葬在那里。但是他们的子女回去的可能性基本上为零。他们也知道，徒增子女们的麻烦，也淡去了乡土情结。

最后，选择了此心安处，即故乡。

想起自己，还有故乡小镇减少的那么多人，他们去哪里了？他们又将落地何处？

老曹岳母是个缩影。

个体也好，群体也好，不必对过往感到失落和过分的依恋，也不必对现在存有疑虑和不适。坦然面对时代的变迁，不去纠结曾经如何，欣然地去迎接。

就像昔日记忆里的石头古村，现在俨然成为网红打卡地，接踵而至的游客，让原生态的渔村改变了很多，也创造了很多新的东西。

时代变迁，新故相推。我们在送别一个时光的同时，也在创造一个时代。

李瑶瑶
上　海

行走老江湾

　　我一直觉得自己对上海最原始的印象来自妈妈，那些她偶然蹦出的字句，比如"小宁"（小人）、"呷呷"（谢谢）。她过去的生活里有很多上海知青伯伯、阿姨，她还险些被一位和善的上海阿姨抱回去做女儿。这让我对上海有天然的亲切感，即使没像别的小朋友专程跑过去一趟游学，或者跑到上海看外滩、登东方明珠塔。读研是我第一次上海之旅，出上海站，打量街景，还有些失望，似乎除了人多了些，跟家乡区别不大。直到上了公交，摇摇晃晃中车上女声播报了站名，最后温柔道了一声"呷呷"（谢谢）。谢谢呀，我也学了一声，跟妈妈口里的字句合上了。于是想，哦，这儿确实是上海。

　　听说往届创意写作的学长学姐会和有关上海的命题文章缠斗，端出理想里的上海，调度记忆里的文化累积，将海派文学的风情悉力涂抹；又或是拼命校正想象里的都市，可能一不小心又换个方向走远。跟城市建立连接，真的很不容易。我们这届去了江湾镇，以行走的形式感知上海。

于是，秋风细雨里一大片花色伞开在江湾镇的地界，走走停停。记忆和秋雨一起，把那趟采风渲染成黑白灰的样貌。电线杆密匝匝地旁枝逸出，有些低矮得疑心可以钩住雨伞。湿得光亮的青石板路尽头，蹿出来一声猫叫。猫叫牵引照相机来到洞开的门廊，那儿堆了张木桌子，有人蹲坐吃饭，旁边是裹着油布的煎饼摊，勉强塞在旁边里弄。我感到新奇又感慨，像看了部上海老电影。

资料中，江湾变迁史很宏阔：追溯近代，原本"大上海计划"民国政府迁江湾的行政规划因日军侵华潦草结束；两次淞沪抗战期间，大片建筑凋敝，校区、交通网、工业园区迁徙。后来又经历数次区域划转调整，行将动迁。因提前知道原貌会消逝，投注的目光也就带着水汽，仔细又朦胧。行为更急切，想挖掘一些"故事"。顾不得冒犯，转角遇到居民，会问他们会不会不舍得这儿。得到很多真诚的"想搬"。回程打出租，说起这些，司机大叔和我们当时一样惊讶。为什么不想搬？他讲，这里卫生不好的呀，有老鼠你们怕不怕？他还特意绕了个路，要给我们指那一爿小区，说已经有些人已经搬那了，安置房，还有好多钱拿。这就像老电影插进一段体操进行曲作主题曲。

初次行走，感受庞杂且模糊，也构建了微妙的联系，有种待在历史场域的"现场感"。之后访到老镇长倪爷爷，切入个人与江湾镇变迁的交汇。他告诉我们，自己一家在1947年来到上海，并非土生土长的江湾人，但江湾就是他的"家"，这是不会变的。旧时江湾在他的回忆里很活泼。三月廿八轧江湾，因为那时有庙会，三天不用上学。我们都会心一乐。倪爷爷越说越丰满，他放下认真准备的讲稿，我们也忘记了所谓采访提纲。

我们获得了很多黑白老电影的宝贵镜头：东王庙上学的孩子，铺满香案的香花桥，走水路一路至"牛郎庙"的神像，还有20年后那个孩子主持了江湾镇最后一届"物资交流会"的热闹场面。一代人的生活方式变了，大家还是愿意叫"庙会"。1987年到1990年，江湾镇政府进行过危房改建工程。其中细节，由倪爷爷谈起，格外鲜活。危房还没有改建的时候，倪爷爷会将手指探进裂缝里，从小指尖到二三指宽，这让他心焦不已。这个习惯在屋子修好之后也没放下，行走在江湾镇，他还是会用手摸摸粗粝的墙体，心才踏实。百年沧桑，收容在细细的触碰里。

经由江湾，能够探到上海的历史褶皱，拨开了浮华，地表下的细节生机勃勃。城市在自我更新，集体记忆创造的文化空间依旧在，只是新的时空正在渐渐生长起来。对我来说，由声音、气味识别，到行走中拉近距离，解锁地景。除了历史人文的想象与召唤，我也对这座城市生出更多绵长的触觉。

黄祎彬
江西南昌

落入江南的一方草原

　　虽已是橙黄橘绿之际，但江南依然如盛夏，暑气蒸腾。经过连续数月的炙烤，原本浩瀚千里、万顷碧波的鄱阳湖，也因此变得绿意盎然，饶有一副"长郊草色绿无涯"的草原之美。

　　身为赣鄱大地、豫章故郡之人，离鄱阳湖虽只有咫尺之遥，却每每只是擦肩而过。这次终于与几个好友相约而行，驱车40分钟，绕过五星农场到了南矶山鄱阳湖岸边。虽早就听闻鄱阳湖成了大草原，但对从未领略过北方真正草原魅力的江南人来讲，眼前的景象依旧让我们一行人震撼不已！湖岸上驶过的车辆卷起滚滚沙尘，曾几何时机声隆隆的内河航道干涸见底，裂痕纵横。不远处，航标灯静静地躺在岸上，陪伴着一艘搁浅的沙船。对岸铺展开去的是无边绿野，流入云际。没想到草原这幅天禅之画，竟然在江南之地，被大自然信手勾勒出来，让人如醉如痴。

　　没有做过多的停留，我们继续驾车驶入。其实并不知道那湖的里面会有什么，但总觉得如果没有进到那儿，肯定会有遗憾留下吧。大致抵达湖的中心，将车停稳后，一行人缓缓从车上下来。这无边无际的绿色海洋，平坦、广阔，像一个硕大无比的墨绿色圆盘，苍茫浩渺。阵阵徐风没有规则地镶嵌其上，使原本气魄慑人的草原，又增添了几分厚重感，让人心安。在这儿，我知晓了海洋原来可以是绿色的，而同时这片海洋也让风拥有了属于自己的形状。从未见鄱阳湖干得如此彻底，如此痛快淋漓。可湖没有水还叫湖吗？那是肯定的，湖依然是湖，永远的湖，浩浩荡荡的湖。望着这令人震撼的景色，仿佛时间静止一般，我们久久没有说话。

"之前这里是湖底吧？"朋友简单的一句话，让我突然意识到了什么，"原本我们周围都是水，周围都是鱼啊……"对呀，这可是鄱阳湖的中心地带，是中国第一大淡水湖的中心地带，我们一行人现在竟然驾车一路畅通无阻到了这儿，不可思议！事实也确实如此，由于江西地区连续数月滴雨未落，鄱阳湖也刷新了历史最低水位，首次发布枯水红色预警，鱼虾尽失。郁郁葱葱的鄱阳湖背后，似乎也是其伤与悲的一种映射。但转念一想，壮阔如斯的鄱阳湖吐故纳新，生生不息，泽被千秋，枯水数月也不过是其悠悠变迁岁月里的一段片刻。鄱阳湖无所谓喜与悲，水来它接纳，无水它则报之以草原，就像无论花开与花落，树都坦然对之，因为这是大自然的常态。悲与喜，只存乎人心。

傍晚，我们登上湖里渔船，西边天幕上是缓缓落下的夕阳，渲染着橘黄色的晚霞，一道一道地错综交织在一起，望着来时的方向，不禁感叹，"野马也，尘埃也，生物之以息相吹也"。夜色渐浓，船夫在船头掌舵，仅有的湖面起起伏伏。渔船很沉，吃水较深，我坐在船边，鄱阳湖离我很近，很近。星星点点的渔火打在水面上，波光粼粼，抬头望向天空，早已繁星满天。渔船摇摇荡荡，就着墨色般的湖面，赏着璀璨的夜空，那一刻内心无比惬意与满足。

鄱阳湖往日常态的归来是必然的，因为湖的精魂还在，生机犹存！自然的力量不可阻抑。来年夏至，天赐甘霖，水生万物，其定是以汪洋之势登场，惊艳一夏。

李 哲

黑龙江大庆

一方油土

　　我生于这一方油土，生于斯，而长于斯。刚刚睁开眼睛认识这个世界时，我就新奇地看到姥姥家平房院前，节律性起伏运转不息的抽油机，嗅到十一月的雪花夹杂着油香。北风吹动丰收后残余的秸秆，一排排油井、一行行电网，穿越在旷野、雪丘和冰封的芦苇中。远方的细雪中头戴安全帽、身穿工作服、成群结队的采油工在旷野中蹚行，一年四季，风雨无阻，每日废寝忘食地维护着油井。井场中那些修井工，穿着满是油泥的衣服，在冰天雪地中辛勤劳作。这就是哺育我的一方油土，我稚嫩的眼睛深情凝望这方油土中无怨无悔奋斗的人们。

　　炉膛中的柴火噼啪作响，母亲一遍又一遍热着灶上的馒头和菜蔬，等待着满身油污的父亲归来。姥姥在摇椅上慢慢地晃动着四岁的我，讲述着关于缔造这方油土的英雄，关于他们不朽的传奇。这方油田的精神渐渐融入我的血脉，大庆人光荣的烙印深深镌刻于我们油娃的生命中，擦不起，抹不掉。

　　祁连山飘落的雪花静静卧在铁人铝盔上，八百里秦川外的风沙裹挟着他的羊皮袄。一声长鸣的汽笛，铁人带领着会战的石油大军以铿锵有力的脚步踏上亘古的荒芜。他们人拉肩扛的劳动号子，惊起湿地的飞鸟。他们汗水的霜白浸透斑驳的撬杠。他们杠杠服窜出的棉絮，绷紧多股棕黄的草绳。这是钢与铁碰撞的声音，声声有节奏的呐喊，铸造起巍峨的钻塔。他们穿越高低不平的雪丘，剖开坚韧的冰面，传递着颠簸的脸盘，一双双充满老茧的手，把滴水汇聚成了江河。铁人手握刹把，大地依旧在他脚下旋转。飞旋的钻杆，带着"宁可少活二十年，拼命也要拿下大油田"的炙热誓言，直达深千米的地心。闪烁的油花，带着寒武纪的起源，三叠纪的繁衍，侏罗纪的茂盛，白垩纪的勃勃生机奔涌而出。油花不停跳跃舞动，与几片融化的雪滴落在石油工人的脸颊，睫毛夹着冰，嘴里呼着哈气，他们黝黑的脸庞却绽放出春天似的微笑。

出油了！出油了！几千只磨破的手掌，几万双熬红的眼睛，几亿个急盼的心愿啊，几多流淌的血汗！无数的白天苦干，无数个夜晚漫漫，抗风斗雨，寒来暑往，他们守候石油出现。他们在等待，祖国在等待，等待石油穿越万年纷至沓来。他们把贫油落后的帽子甩到太平洋；他们用钻头书写石油工人的诗篇；他们把钢铁播种在芦苇飘逸的土壤里，深深扎下严与实的根系，直向地下的核心，繁茂的采油树倔强地向上攀爬，绽放出石油人忠诚灵魂的花朵。

我与这方油土，一起成长，时间飞逝，转眼间我披了温柔的霞光步行在外围油田的巡检路上，成为一名采油工人。初春，所有的绿色植物疯一样地生长，昨晚的露水使刚睡醒的它们更加浸润和碧绿。我习惯性地走到作业区最近的一棵采油树旁，此时，它坚韧的身躯正沐浴在五彩的霞光里，显得更加伟岸和美丽。太阳冉冉升起，朝霞映红了安昌路，丰硕饱满的玉米地沐浴着金色的阳光。油井像一位亭亭玉立的少女在晨曦中梳妆。那弯弯曲曲的巡井路，像一首婉转的晨曲，传唱着关于石油人自己的歌谣。蓝天白云，晴空万里，白杨树林生机勃勃，宛如一个个站岗的哨兵。整洁的井场，碧绿的青草，抽油机上下律动着，为这不可多得的美丽景象增添了一抹别样的色彩。我们在孤独中坚守，拼搏，绽放。没有豪言壮语，用一颗滚烫、澄澈的赤子之心，去践行新时代石油工人的责任、使命与担当。

魏 津
山东青岛

百岁老人串门记

"嘭嘭，嘭嘭嘭。"

门外响起重重的敲门声。大姐跟岳母说："朱大娘，是朱大娘来了。"

打开房门，面前站着笑嘻嘻的朱大娘，身后是为她保驾护航的大女儿。朱大姐温和一笑，说："俺娘想尹大娘了，磨叽了半天，这不又上来了。"

"欢迎，欢迎。"我们说着，把朱大娘簇拥进母亲的房间。

两个老人的手攥在一起。朱大娘定定地望着岳母："你看看，这上了年纪，反倒添了毛病，几天不见，心里空得慌。"

大家会心地笑起来。朱大姐问："娘，我还陪着你吗？"

"不用，不用，你忙你的。我陪你尹大娘说说话，老人拉呱，你们也不喜欢。"朱大娘说着，摆一摆手，我们都退出了房间。

朱大娘是岳母的常客。20年前，岳母和朱大娘，一前一后搬进这个小区，岳母住三楼，朱大娘在我们楼下，那时她们70多岁了，身体都硬朗。岳母隔三岔五招呼朱大娘赶集买菜，见天油盐酱醋地忙活着，儿女又多，中午、晚上，总有孩子来这里吃饭，赶上一天没有人来，岳母就打电话喊，她喜欢忙忙活活的感觉，更喜欢看孩子们吃饭时的欢欣。空闲的时候，两个老人喜欢在一起拉呱。岳母沉稳安详，朱大娘快人快语，一个善说，一个愿意倾听，天生就是最好的拍档。

进了龙年，岳母96岁，朱大娘已经97了。两个多月前岳母不慎摔了一跤，坐上了轮椅车，朱大娘牵挂着，便三天两头上来看望岳母，有时带两块刚出炉的热地瓜，有时是软糯的江米糕，眼瞅着、督促着岳母吃下去。

临近期颐之年的朱大娘，精气神却一点也不含糊。每次从二楼到三楼，老人都不用儿女搀扶，两手紧抓住楼梯护栏，手脚并用，不紧不慢地倒腾着，女儿则像贴身保镖似的，紧跟在朱大娘身后。

去年秋天，我曾和朱大娘开玩笑。

"朱大娘，您多大年龄了？"

老人家笑嘻嘻伸出一个食指。

"1岁？"

"100啦。"

她女儿就在一旁咧着嘴笑。意思是这是老人的一个念想。

我们就祝福她："没问题。你和我母亲一起加油，冲过百岁目标。"老人开心地笑起来，满脸乐开了花。

朱大娘生性豁达。国家政策好，老太太的退休金已提高到4000多元。两个老人在一起聊天时，岳母的言语里常流露出羡慕。

"我要像你一样，该多好，心里也踏实。"

"可别这样想，老妹子。我每月那几个钱，东一份，西一份，攥在手里的钱还不如你多哩。"

这倒是实话。朱大娘原先住平房，被前后楼夹在中间，整天见不到阳光，后来大女儿买了这处房产，就让母亲搬了过来。老太太每月给大女儿2000元，再支援做小生意的大儿子500元，剩下的钱，吃喝拉撒水电气暖都得考虑，逢年过节，一众孙子外甥，你三百他五百，拉拉杂杂算下来，也基本成了"年光族"了。

老人的人缘好，屋里你来我往，人气满满。她喜欢看电视京剧，也时常和孩子们打打牌，儿子有时逗她，会跟老太太玩点猫腻，她发现了，就会扭儿子的耳朵，儿子就大声地告饶："轻点轻点，改了，改了。"嘻嘻哈哈的笑声，让邻居们心生羡慕。朱大娘最喜欢的是，在晴和的天气里，让孩子推着她外出兜风，老人的楼挨着一条服装街，一年四季，满街的花红柳绿，老人端坐在轮椅车上，看着满街的人流从身边过来过去，这时候的朱大娘俨然就成了一个检阅队伍的将军，满脸自信的笑容。

朱大娘每次来我家串门，都会把她看见听见的新鲜东西，一五一十地告诉母亲，两个站在"百岁"门口的老人，对不断变化的新生活，充满了好奇和感动。

李 超

河南平顶山

时代年轮

时代的年轮一圈一圈荡漾扩大，在它目之所及的范围内，从没抛弃过任何一个人。不知从何时起，"残疾群体"这个名词逐渐为世人所了解，所深交，隔阂如冰雪消融，互相理解的世界终于到来。

我是一名听障者，得益于时代发展，得益于政策护航，原本以为灰暗的人生，也如春绿爆芽一样，无限生机勃勃萌发，人生仿佛有了无限可能。过去很多人可能认为以听障群体的条件，只能从事简单的操作工作，从事无须多沟通的重体力劳动。但我们这一代人，乘上了时代的潮流列车，插上了筑梦的幻翼，许多想而未想、想而不得的工作，纷纷成了就业方向，眼前的选择前景变得豁然开朗。

以往自己出行乘坐列车、大巴的时候，因为无法听到声音信号，所以多要提前和乘务员交流，了解信息，并叮嘱乘务员到地方告诉自己一声，以免错过站台。如今，因为智能手机的普及、5G网络的发展，旅途之中只须浅浅注意手机App提供的信息，就可以安然无虞，不再一路担心一系列事情。即使是乘飞机，也可以选择飞机前台为特殊人群提供服务。到站下车后呼吸第一口空气，不由得感叹，一切都在变得更好。

最大的改变还是语音转文字翻译软件的出现。有了它，那厚厚的语言壁垒一下子土崩瓦解，重建起了沟通的桥梁。以往一笔一画费时费力的纸笔交流，立刻有了具象、快速又清晰的沟通方式。这些改变打开了方方面面的求职机会，为之前未想的诸多岗位提供了更多的可能性。我的听障朋友中，设计师、原画师、动画师、咖啡师、调酒师、手语翻译师……比比皆是。由此我相信，以后听障群体一定会得到更多尊重，前途会更加明朗。

至今难忘师恩。于理想环境得到深造的日子，是真的快乐而充实。正因为残疾群体的特殊性，所以需要一些特殊的解决办法，毕竟常规的大学教育不太容易让特殊群体学生适应。国家在1987年起，就在长春建立了第一所特殊教育学院，面向全国专门招收肢体残疾、视障、听障学生。经过20来年的教育经验总结，长春大学专业愈加全面，经验愈加丰富。我在长春的四年岁月，真真切切体会到了对特殊群体的细细考虑。学，有听障学生课堂教育同步使用手语，交流毫无隔阂；行，有学校联合交通公司发放的爱心卡，免费乘车，交通便利；食，有校内特教食堂减价增量饭菜，填饱肚子无忧……长春这座城市，属实充满人情味。在兼职中，记得最深的就是经理和阿姨在我递剪刀时耐心教我数次：刀尖握住，刀把递来。仅此细节，足以看出长久以来的经验与责任，事无巨细落在实处。

人生际遇如梦，时代旋律如歌。梦想的实现与岁月的旋律相辅相成，正因为时代之歌旋律起伏，唱尽平仄，所以我们这一生总要遵循变化而变化，走向对的方向，不断追求正确的道路。我相信，不管是健全人还是特殊群体，相互理解、相互扶持的那一天，终究会如常年蛰伏于地下的蝉般破土而出，叫声响彻盛夏！

金晓闻

上 海

步行街上的店铺

这家店铺招租百日，最近终于有人接手了。

我站在马路对面，等红绿灯的间隙，把这消息发给了哲：嘿，你的旧址有新东家入驻了。招牌漆成了白色，应该是一家跟美容相关的店铺。哲隔了一天回复：抱歉，我消息太多了，把你的压沉了。那真是好消息。

要不是我抱着厚窗帘去洗衣店，我可能还不知道这一变化。我推开洗衣店的门，老板娘惠师傅在门口的缝纫机上缝衣服。她暂停操作，回头看见我，满脸的笑容堆上来。她习惯用一种很舒缓的慢调与人对话："哎哟，小美女，下午好呀，今天来洗，床单啦，挺厚重的嘛。"她侧身扭入柜台后，仔细看着窗帘，随后敲着键盘，与我对价。对完价，她将窗帘收起来，为我取上一次送洗的羽绒服。这时，门外传来"喵喵"声，是惠师傅的猫。我朝内拉开了门，黄白相间的田园猫瞬时溜入屋内，转了一圈，蹭蹭我的右腿。惠师傅取下我的羽绒服，装入袋中，她笑着看向"美樱"，让我玩一会儿猫再走。我俯下身揉着猫耳朵中间的雪毛，随口说道："美樱又去中介玩了吧。""它啊，现在可去的地方多了，周边都是它的。"

我记得去年春天，惠师傅的洗衣店门口突然多了一个笼子，笼子很高，里面放了一个猫架子、一个猫粮盆，还有一个猫砂盆，店里的地上，一只幼猫在坐垫上安睡着。惠师傅是在晚上回家的路上拾来的，家里已经有了一只边牧，想着不如放在店里，白天聊以慰藉，边说边指着外面的笼子："外面的笼子以及给猫用的东西全是中介里那个小姑娘给的，叫小芬，小姑娘好热心的。我把猫带过来，装在鞋盒里，他们看到了，就传开了。喏，这个坐垫也是他们带过来的。那个小芬姑娘的猫去年从高层上不慎坠亡，昨天把原来的猫窝差不多都带过来了，就骑……"

正说着，门开了，几个穿着正装的年轻人笑嘻嘻进来，他们都是中介的人。其中一位中发女性，看着实在年轻，掏出手机给美樱拍照，她就是小芬姑娘。还有一个胖胖的小伙，差一点把西装穿成蓬蓬裙，他来取几件冬装和白衬衫，当时我与他毫无交集，直到台风季的某日。

那天我趁着无雨，一早想把衣物送到惠师傅那儿，但惠师傅还未营业，她为我支招：中介的小李有她的备用钥匙，他会帮我开门的！我不太自然地步入中介，两位男子早早立在门口为我开门，我小声转述了惠师傅的话，他们拉长了"哦"声，笑着叫出了小李——那位差点把西装穿成蓬蓬裙的胖小伙。在胖小伙寻钥匙的空当，我才注意到门口放着美樱的大笼子，门开着，低头一看，美樱悄无声息地踱步到我脚下。"我们这里更宽敞，营业时间也更长，美樱在这儿更自在，哈哈。"等胖小伙打开洗衣店的门，他嘱咐我最好拍一张照片给惠娘。我在店外向他道谢告别的时候瞥见刚才招呼我的两位男子在外面抽烟，这两位男子随后也频繁出现在我后来的日子里。

他们两个经常去便利店买烟，他俩进来就能点燃寂寞的便利店，仿佛这是他们的茶歇室。哲也笑出了我从未见过的上下排牙齿，带着浓浓的茶渍。一次，他拿出店员的福利——一些临期产品，丢给他们，他们笑着接住："有没有临期的猫粮啊？来一包呗。"哲递给我热好的饭团，解释说："他们是常客，就嘻嘻哈哈的。""他们也是隔壁洗衣店的常客，他们还帮忙照看洗衣店的猫……""我当然知道。""哦！你们可真是自成邻里，真好！""还好，我跟隔壁的店更熟一点。"哲照例咧开小嘴。的确！好几次加班太晚，我线上转了钱，哲总把鲜牛奶和临期点心打包寄放在旁边更晚闭店的炸物外卖店里。

每次经过这些店所在的步行街，心情总是舒畅的，顿生松弛感。尽管我们有轻盈的线上交易、无人收银和足够热烈的直播带货，但一声"嘀"和"家人们"，总是不如这步行街的日常。

解永敏

山东齐河

穿越历史的微笑

　　有人说，"微笑匮乏"正成为现代生活压力下的城市表情。而徜徉在青州博物馆，感觉到的却是"匮乏"根本不存在。"青州微笑"早已从时光深处穿越无数个时代朝我们走来，像一缕扑面春风，提升着人们内心的温度。

　　往前追溯20多年，"青州微笑"还沉睡于地下。那时候，人们虽然不知道这样的微笑出自青州，但在青州街头这样的微笑却随处可见。这样的微笑，是一种很有意味的文化。

　　那时候，青州一所学校操场正在施工，开掘者偶然发现了一处文物古坑。七天七夜的紧张挖掘，拂开浮土，一大批佛像窖藏出现在人们面前。一个面积只有50多平方米、深度不到3米的窖藏坑内，佛像总数竟多达400余尊。最有冲击力的就是"青州微笑"。无论是佛还是菩萨，其嘴边那一抹微笑都相当明显，比起一般佛像不动声色的庄严与慈悲，如此亲切动情的微笑很能抚慰人心，让"微微一笑"成为这座北方小城最生动的表情。

　　"青州微笑"当然与青州博物馆有关。青州博物馆属国家一级博物馆，是一张很显眼的"青州名片"。宏伟的建筑物里藏有50000余件文物，其中国家级文物3000余件，且藏品非常丰富，7000平方米的展厅仍不够用，常常采取轮流展出的办法向公众展示。

不久前，笔者走进青州古城，漫步老街古巷，仰望阜财门，驻足万年桥，徜徉偶园，被现实中的"青州微笑"深深感染。曾两次遇到一位眉目慈祥的大嫂，她一手提着硕大的茶壶，一手端着青花瓷碗，先送上微微一笑，说："辛苦了，请喝免费的大碗茶，既解渴又解乏。"笔者正疲惫缠身，接过青花瓷碗一饮而尽。告别大嫂，刚一转身又撞上"竹板汉子"。说是汉子，其实已到古稀。未等笔者开口，他先把竹板打响，随即送来微微一笑，道："竹板一打响连天，道一声先生您平安；青州古城欢迎您，您是俺们的财神仙……"笔者好奇地与其攀谈，他笑着说因为喜欢，所以每天都拿着竹板到古城来，唱唱山东快书，哼哼老曲老调，既增加了古城的文化气氛，也让生活多了一些情趣。

青州古城人文资源积淀深厚，南阳河横贯东西，水流轻缓，沿岸古木成荫，万年桥气势恢宏，古建筑和石板路保存完好，而且随处可见年画、灯笼、糖人和说唱者，在这里像遇到了宋朝甚或唐朝，抬头就能看见苏东坡、范仲淹或李清照，便随口吟诵出了"莫道不消魂，帘卷西风，人比黄花瘦……"

欣赏过无数微笑，而能够欣赏到青州的微笑，是一种上天恩赐的福气和缘分。漫步青州古城，感受现实中青州人的一步一微笑，体味"莫听穿林打叶声，何妨吟啸且徐行"的心境，则又是一种震撼心灵的大醉。

陈 益
江苏昆山

澄湖人家

初春的一个傍晚，我们兴冲冲去澄湖畔的狭港村。一位朋友的新居刚落成，邀请大家做客，我也去凑热闹。

在蜿蜒伸长的公路上，汽车不经意间驶入了一幅天然画卷：落羽杉和香樟组成的行道树，向空中高擎枝干。冬青、杜英和红枫错落有致。田畈里，麦叶吐翠，油菜转绿。夕阳犹如一颗圆圆的火球，在行道树的间隙徐徐下坠，将金红色辉芒涂抹在碧澄的波纹里，点画在粉墙黛瓦上。无论从哪个角度看，湖乡之美都令人欣喜。

一晃，几年没有亲近澄湖了，古老的村子已全然焕新。有时会越过澄湖大桥，沿高速公路继续往南。或者去澄湖养殖场的餐厅，品尝鱼虾。清蒸红条或鳜鱼汤，在别处难以见到。亲近澄湖让我联想多多。

记得好多年前，我们曾在濒湖的堤岸考古。为了保滩，使湖岸边的农田免遭浪涛时刻不停的噬咬，人们用石块和泥土加固堤坝，堤内则开挖养鱼池。那时，伸展长臂的挖泥机仍在作业。

养鱼池高高的坡岸是用湖底取出的泥土堆积而成的。我在晒得半干的泥土中发现了期待中的东西——十几个陶片。从形状和纹饰不难看出，有六朝的，有春秋的，也有良渚文化时期的黑皮陶。然而没有发现宋代以后的遗存。推土机手说，他发现过几只陶土做的瓶子，样子很难看的。我知道，他指的是"韩瓶"，据说当年韩世忠的士兵们曾经用来做水壶，这倒是宋代的器物。那样子很难看的韩瓶，恰恰说明了澄湖在宋代经历的巨大变迁。

许多人不知晓，澄湖又名陈湖，原本是繁华的城市陈州。然而它地陷成湖的时间，不是像某些史料中所说的是唐天宝六载（747），而是南宋乾道年间（1165—1173）。由于自然灾害、不合理的水运工程和应奉局"花石纲"，无论是官还是民，都没有财力和精力疏浚太湖水系，根治水患，最终使陈州陷落成湖。要不然，这座苏州的姐妹城，今天仍会在江南沃土上展示动人的风姿。

朋友的新居楼高三层，轩敞明亮。还专门砌了一个柴火灶，中午已经烧过红烧肉和老母鸡了，竟被一扫而空。他说，宅基地是父母亲的。原本不想要了，转让给了别人。母亲心里却永远丢不下那几间祖屋，宁可加价回收。幸亏当时没有办过户手续。于是他从城里搬回了乡下，住入"湖景房"，清早打开门窗，满屋的新鲜空气，就是巨大的享受。朋友是做旅游景点推广的，也参与经营民宿。妻子是教师，育有一个可爱的女儿。我开玩笑说，村上有不少人进城开出租车，或许是淳朴厚道，不善经营吧？他想想，回答道，以前这片水乡，进出运输都靠船橹，一上船就是一天。开出租车很容易适应啊！大家都笑了。

从狭港村经澄湖上苏州葑门，有三四十里水路。沿途的景致，草长莺飞，百般红紫，那是让人怎么也看不够的。周庄、锦溪、甪直、斜塘……围绕澄湖，分布着不少闻名遐迩的水乡古镇。假如在夏日，总是被茂密的苇丛掩映，被浓郁的绿荫笼罩，那些粉墙黛瓦便显示出素雅而隽永的色调。

以前坐扯篷船，顺风顺水的话，半天时间就能到达。有一年隆冬，我们一行人在澄湖遇到"湖膏"，又是息风，篷帆樯橹派不上用场，唯一的办法是在冰面上凿出一条通道。为自己，也为后来者。手持竹篙的人站在船头，使劲拍打着白石膏似的冰面。冰面并不是想象的那么厚实，在篙尖有力的撞击下，发出清脆而响亮的破裂声，噼噼啪啪，传得很远。裂冰下涌起的湖水，没有了往日那份清澈，浑黄中透出寒意。船尾的橹板，推一下又扳一下，击打着浮冰，木船就缓缓地向前行驶，缓慢得让人心焦。然而它终究朝前走了。如今，"湖膏"已成为忆苦思甜的故事。

我们围坐在一起，从旅游购物到景点拓展，从心理教育到戏曲折子，从水乡习俗到非遗网红，随心所欲地聊天，聊得十分舒畅。不知不觉中，看见一弯新月升起在湛蓝的夜空，皎洁得如在澄湖里洗涤过一样。

杨庆红

上 海

钟点工小吴

"阿姨，我回来了，明天来上班。"正月十一我喜出望外地接到小吴的电话，她提早一天回来，我们又一次感受到她的诚信。春节前，她回乡下给女儿办婚事，走前打了招呼，可能年十三才能回来。看着我们期盼的目光，她补充一句"我尽量早一天回来吧"。

小吴是一位钟点工，22岁从淮南山区来上海做家政服务，在我家工作已24个年头了。实际她比我小9岁，因为她还在我父母和婆婆家干活，随着我孩子称呼老人，我们就成了她的"长辈"。小吴长着一双机敏且略带羞涩的大眼睛，操着浓重的家乡口音，中等个儿，一看就知道是个肯吃苦的人。果然不出所料，她来家做活儿，不管多脏多累，她都默默做好。家务细碎杂乱，要求不一，她会按各家要求尽力做好，练就了麻利周到的风格。小吴话语不多，说话干脆利落，有时还有点生硬，但她从不东家长李家短说别人的事。我们没有想到的家务她会低声提醒，答应的事也一定办到，获得了各家信任。小吴不识字，靠脑子强记，买什么菜只要交代了，第二天一定如数买回。那时的菜场交易还没有打小票，全凭脑子记忆，她会如数家珍般向你报每样菜的价格。小吴还练成了一手好刀功和烧上海菜的本事，切丝菜切得整齐细密。每当她从厨房端出一盘盘色香诱人、味道正宗的上海菜肴时，家人的眼里都透着惊讶和满意。

小吴每天从早上7点一直做到晚上9点，每家的时间都要精准把握，才能不让下一家等待。30多年在上海，喜欢她的人家越来越多，最多时一天要干七八户，老客户介绍新户主，回头客是常事，她做过的人家都不想放她走。

在她27岁时婚姻发生了变故，小吴咬着牙，咽着苦水，靠自己辛劳抚养着两个女儿。不幸接踵而至，她46岁时又患上癌症。在我父母正确的指导和帮助下，她顺利做了手术，恢复健康，又开始了日复一日的劳作。两个女儿中学毕业后，她把她俩接到上海，三人挤在一间狭小的屋子里生活。小吴每天清晨离家，顶着月亮回来，娘仨一起吃顿热乎饭。就这样，女儿目睹了母亲的艰辛和坚毅，开始尝试一边学习掌握生存技能，一边寻找临时工作。

上海永远是勤奋者的天堂，母亲榜样的力量胜过说教。两个孩子勤学努力，终于找到了适合自己的职业，休息日还不忘做个兼职。现在娘仨都有了相对稳定的工作。大女儿在药店做销售，小女儿在企业做会计。几年前小吴还回家乡盖了两层、五间大瓦房，有宽敞舒适的厨房和卫浴，配上现代化的电器，终于有了属于自己的房子。她多次兴奋地邀请我们和父母去她的新家住上几天，去看看她家乡的变化和当地名胜。因为父母年迈，我们工作又忙未能成行，但感受到了她的诚意。我们清楚，她是希望自己的努力成果能被人生第二故乡所信赖的人见证啊！

　　这几年小吴又将两个美貌娉婷的女儿喜洋洋地送出闺房，嫁了如意郎君。年十二，她穿着珠光玫瑰色羽绒服，蹬着明亮的皮靴，挎着时尚皮包，烫了头发，提着鸡鸭，满面春风地来我家送喜糖。我们称赞她完成了人生全部大事，真是了不起！她激动地操着淮南口音的上海话说，家乡来参加小女儿婚礼的亲邻们说她是村里的能人，有房有孙，父母健在，兄弟姐妹和睦，女儿又嫁了好人家，是村里的骄傲！我兴奋且认真地对她说："村里人说的能人，就是城里人说的成功人士！你每天风雨无阻骑车赶路，用自己的双手给别人方便，给自己创造美好生活，你就是一位成功的女性啊！"此刻，她没有了刚来时的羞涩和低声语调，满目光彩喜人，带着憧憬说："我还有一个最大的愿望，要去北京、杭州旅游，还要出国玩一次。"我赞许地接过她的话茬说："你一定会如愿的，我们支持你！"此时我打开了家中的音响，我知道她最喜欢听着歌曲干活呢。

商 虞

河南商丘

南方小河

惊蛰刚刚过去，乍来的寒雨带着些许冷漠抚摸着百千里江山。

江山如此多娇，尤其是那波澜不惊的小河。小河是张家港河的分支，不晓得是什么名字，如它的模样，默默流淌。

张家港河上，每日都有难以数清的大船渡过，仿佛是热闹的街道，大船上时有船员在高声喊叫，或是激情攀谈，应是在对风调雨顺激情赞美。

反观那条小河，它穿过同样静默的房舍，与房舍边渐绿的植物们低语。或许是大船们的搅闹，大河看着浑浊。小河则清澈太多，似是山林里居住的孤傲的小娘，婉约而清冷。

我喜欢在小河边闲逛，喜欢扭头看看小河边、房舍墙下栽种的花。此时，许多花还未醒，还不能与我对望。好在有这条小河时刻与它低声诉语，早晚会将它们唤醒。我还喜欢微笑打量房舍边坐在小小木椅上的老年人，喜欢他们满是皱纹的脸上回报给我的善意且慈祥的笑容。老人与这条小河依偎了大半生，早已形成了不小的默契。他们曾在小河里洗过衣，曾在小河里淘过米，曾在小河里抓过鱼。如今，小河依旧，人却老矣。但人与小河的感情越发深了，从小河里的老人倒影便可看出一二，她笑得如此甜，仿佛变回了二八少女。我也喜欢站在小河边的石砌台阶上，蹲下身子，用手去触摸清凉的水。河水在流，我的血液也在流，它带着无限的舒适从指尖流入胸膛，最后在心里打着转儿，使我差点叫出声来。此时，河里的鱼也会兴奋着翻腾，形成的一圈圈涟漪向四周扩散，与天上的金色或七彩晚霞相映成趣。鱼便成了技艺精湛的抽象画大师，用欢快作就了最美的"水霞共晚"图。

我时常会想，这条小河究竟流淌了多少年，换了多少批次的鱼，又相映过多少次晚霞，如今却依旧清澈，依旧滋润着岸边一代又一代的人、一茬又一茬的花草和树木。

我踏足过许多江南河流流经的村镇，它们各有不同。或岸边铺满红花，或岸边游客如织，或岸边古屋参差，都不及这里的小河美好。或许是因为心境不同。

不否认，各有各的好，各有各的使命，全是为各自所在的天地添一抹亮色，为一处人生增几分便利，为一片红尘流淌千载年华。

把手从小河里撤出，我笑着摇摇头，笑自己又在莫名地胡思乱想。沿着小河，走了约莫50米，小河很有弧度地拐了个弯，而弧度最明显的地方坐着一名垂钓的老者。

老者佝偻着身子，嘟着嘴巴看向水面上的鱼漂。我轻慢着动作，走到老者身边，然后轻轻坐在一块石头上。老者把头摆正，冲我笑了笑。

　　我轻声问他，这么个季节、这么个时间，能钓得起鱼吗？
老者笑称，就是玩儿，习惯了每日到这河边钓上几钓。老者还说，
这条河前几年污染得厉害，鱼都死掉了；后来厂子搬迁了，河
水才重新变得清澈，鱼又都回来了，在这里生活了几十年，舍
不得这河，更爱吃这河里的鱼。

　　我点头不语。一方水土养一方人，不外如是。

　　最后一条鱼上钩，老者满意地笑了笑，收了鱼竿，提着装
了四五条十厘米左右游鱼的塑料桶回家去了。

　　夕阳将落，余晖倔强地在小河东侧洒下微弱的金光，使小
河半边绿色半边金，别有一番美感。

何秋生
上 海

二十年河西

　　人生没有冤枉路，回头看，每一处都是风景。当"2024"新年的钟声敲响的那一刻，我的思维忽然跳回到20年前的"2004"。这一年我脱下穿了27年的军装，转业至上海的黄浦区。

　　年轮这东西，悄悄而来，悄然而去。岁月的风沙虽然丰富了人生的阅历，却也剥蚀着人的容颜。当你迎来又一缕春光，却也同时送走了一寸年华。一晃20年。我记得2004年5月13日下午，上级宣布我的转业命令。由于年龄因素，转业是我主动请求的。即便如此，但当听到"脱军装"命令的那一刻，我的心依旧像被针扎了一般。27年军旅生涯，那些青春岁月连同这身军装已经烙在了我的骨子里，脱下它亦如生离死别！

　　怎能忘，西南边陲的战役中，是战友冒死相救才有我生命的延续和今天的幸福生活。之后，那天军部士官选拔考试，我的队长不顾自己发着高烧拔掉吊针，用那辆散了架的电瓶车，驮着我赶进考场。回程走到半道，铁疙瘩彻底罢工，硬是推着走了30多公里……

黄浦是上海的"核"心区，外滩与陆家嘴，河东河西隔江依恋。从赣东北大山里走出的我，能在"钻核"地带有张桌子有把椅，已是格外幸运。都说"三十年河东，三十年河西"。转业进"河西"工作至退休的这20年个人经历可以写成丛书。由于黄浦的特殊地理位置和我所处的岗位及特长，又或许是中心城区的特性，我遇到了能发挥特长的相应舞台。感谢军营这座熔炉给我的历练，使我对大型主题活动的组织工作有较强的驾驭能力，于是，从策划、编导到主持，相关部门的领导把一个大舞台交给我。

记得来黄浦的第一次亮相，是2004年国庆人民广场的升旗仪式，我负责现场指挥。我整理好2000余人的队伍，掐准时间，向"国旗班"升旗手和全场人员下达口令："全体都有：立正——升国旗——唱国歌！"27载军旅滋养的军人素质外加一副好嗓子，一声既出，全场震撼。从此我与黄浦的大型活动结缘。"丹青颂军魂""丹青颂祖国""丹青颂党恩""共和国不会忘记""我的世博我的家""国歌从这里唱响""从石库门再出发"……这些由我主创或主持的各种节庆与大型主题活动一个接一个。那些年我就像一只停不下来的陀螺，外滩、南京路、上海大剧院、上海音乐厅、世纪广场、白玉兰剧场、豫园、文庙和"好八连"连史馆、龙华烈士陵园……几乎都留有我的身影与足迹。

20年，不可能天天是晴天，欲说还休，却道天凉好个秋。不过真要问我在"河西"这20年的体会，我会说"收获颇丰"。回首过往，我的认知是"勇于担当作为，不问云卷云舒，踏实踩稳脚步"。始终视己为一粒微尘，以勤勉立足，用汗水固本，凭手艺立身……

陈 鸣
江苏南通

好的回忆

　　退休后的老两口生活简单而平淡，有时候我们喜欢自驾，上海周边的古镇和长三角地区基本上都有我们的足迹，两年前走了318国道川西行，去年又去了大美新疆，新疆的戈壁、草原、雪山、独库公路、伊昭公路、可可托海、克拉玛依油田等都留下了我们的车轮印记。我喜欢发朋友圈，喜欢把此时此刻不可复制的美景留下，配上当时有感而发的文字，当作旅行日志，只为今后老了走不动的时候，再拿出手机让这些定格的照片勾起美好的回忆。

　　有一天空闲，翻阅旧相册，突然一张黑白照片映入我的眼帘。我立马对老伴说，我们来个说走就走的旅行吧，目的地——江西九江庐山。

　　那天清晨，冬日暖阳正好，迎着朝阳，老伴开着车，我坐在副驾驶座上，行驶在沪渝高速公路上，导航直接到庐山，里程700多公里。一路上我时不时地拿出那张黑白照片，思绪万千，45年前的情景像电影一样在我脑海里浮现。

1978年秋天，我们俩都在江西省农业科学院植物保护研究所工作，那时还是风华正茂的年轻人，我们像电影《庐山恋》中的耿华和周筠那样正在热恋中。我们利用周末时间请了两天假，从南昌乘火车到九江。到九江后，来到莲花镇庐浔村，从庐山山脚下的好汉坡一直往上爬，全长3.5公里，有千级台阶，地势险峻，林深谷幽。我们年轻，一口气爬上牯岭，也不觉着累，互称好汉。我们手拉着手，游玩了庐山各个景点。仙人洞、锦绣谷、如琴湖、三叠泉、芦林湖、五老峰……站在山顶，仿佛置身仙境，云雾缭绕，青松挺拔。

第二天一大早来到含鄱口看日出，第一次看到红红的太阳从云雾中慢慢吐出，非常震撼。在庐山植物园，我们被各种珍稀植物所吸引，旧相册里的那张黑白照片就是在这百年杉廊的石桌边拍摄的第一张合影。那时候是一架120的黑白相机，用胶卷的，我们把相机放在石凳上，调到自动挡，拍下了这张珍贵的照片。

45年了，我依旧保存着它，这次来庐山，就是要故地重游，找寻当时的场景再拍一张。经过8个多小时的行程，到庐山脚下已是傍晚时分，我们的车直接从南坡迎着晚霞弯弯绕绕一直开到山顶——牯岭。因是冬季，山上游客不多，找了宾馆住下。心情有点激动。庐山我们来了，我们还是手拉着手。在牯岭街上转转，已没有了以前的痕迹，当年我们是住在在庐山文化馆工作的朋友家里，因年代久远，已没了朋友的联系方式。第二天早上，冬日的阳光温暖，空气清新宜人，蓝天白云，景色秀美。我们乘坐山上的游览车，迫不及待地直奔植物园，找寻那百年杉廊。转了几圈，哈，找到了！杉树长得更大更粗了，石桌石凳好像知道我们会再来，依旧在原位等着我们，一点都没有变。我们对着黑白旧照片的景，架起自拍杆和手机，对准角度，按照原来一样的坐姿，四目相望，含情如初，按下快门，拍出同机位的彩色照片。两张照片放在一起比对，景依旧，人已老，多了皱纹与白发。蓦然回首，感慨万千。园中几位游客和工作人员看着我们两位老人拍照的姿态和表情，听着我们叙述的故事，都为我们而感动。

45年了，我们从南昌回到上海，经历了生活的各种坎坷，这次重上庐山，我们更珍惜彼此的爱与陪伴。庐山，你雄伟壮丽，含鄱口的日出还是那么壮美，如琴湖的水依旧那么洁净清澈，牯岭街增加了现代气息。庐山，我们还会来，到50年、60年我们还会手拉着手，拄着拐杖，到这百年杉廊，再拍下我们同样姿态的合影。

王树滨
上 海

上海人落户特区

1970年春，我在愚园路邮局隔壁（施蛰存前辈邻居）吴老先生家做客，偶遇这条弄堂里的祝希娟姐妹也来串门，我还抱着祝希娟的女儿侯代红，在底楼小花园照相合影。不久祝希娟复出，送我戏票，乃在卡尔登（长江）剧场重演王树元话剧《杜鹃山》，祝希娟演柯湘，仍由武皓演乌豆。该剧于1963年首演，我观看过上海人艺二团武皓、王频、严翔等主演的。

改革开放大潮的20世纪80年代初，深圳成立经济特区，祝老师与丈夫侯烽民率先举家南迁落户，其妹祝希荆亦同去。1985年春节，侯老师回沪上梅邨我家，说请我择日也来特区看看，更欢迎加盟。于是在半年后的夏季，我首度赴深做客。那个多层公寓式小区在红岭南路滨江新村，在当时吾目中满是新鲜感。

祝、侯伉俪在那里的市中心，步行前往他们家的一路上，额头触碰到的尽是鲜红熟透的荔枝，路者竟无人伸手去摘采，特区新风让人惊奇。回到住处后，有一大塑料桶荔枝，那晚上沪上任广智（祝的上海青年话剧团同事）、魏芙（歌剧院舞蹈家）老师两位，相继也应邀来深，大家用力剥皮，尽量多吃，也吃不完堆得满桌的红熟荔枝。

两个多礼拜中，我几乎每天冒着酷暑骄阳，戴上草帽，骑着一辆自行车，到处领略生机勃勃、正在大兴土木初具规模的特区城市风貌。滨江新村临近深圳河，到河边便止步停下，探询旁边小屋居民。答曰，现在许多香港同胞，闻特区成为热土，纷纷排队来投资购房、探亲旅游、嫁娶成家。老乡还指着远处铁道上飞驰而过的深港"直通车"，说每天有好几班。尽管骑车出门汗流浃背，皮肤晒成黝黑，但是我感觉，正如人潮涌动的蛇口游轮上大笔书写的"时来运转"，眼见为实，很是兴奋激动。

在深的日子里，我还碰到原汽锅所毛纪林老同事，被他拉去深南中路广东核电公司，和来此开会的李宝生老同事会晤，三个上海人，在异乡重逢，不亦乐乎？毛兄被派驻在兴建中的大亚湾核电站工作，当晚，随其至集体宿舍参观，一屋子全是昔日毕业于清华、北大的高才生。

几番特区之行，令人振奋，心驰神往。虽已过去了将近40年，如今依旧历历在目！

缪何翩珏

江苏南京

寻闸记

"喏，这就是'努杂'，这片地都是！"

冬夜冷风吹骤，父亲已有些醉意，眼神有些许迷离，把着桥边栏杆，兴奋又感慨。

"努杂"是什么？在一次次连蒙带猜的追问中，终于明白了原来父亲不厌其烦说的是"南闸"，是我和母亲难以理解的江阴方言，是此刻我们脚下所站之地界，亦是父辈亲友们"回不去"的故乡。

江阴方言，因其江尾海头、挟跨苏常二府的地缘关系，兼具二者特征，全浊声母、尖团音、入声韵等传统语言元素的留存，使得外地人对江阴方言，特别是南闸方言的印象一直是铿锵有力、晦涩难懂。尽管每年随父亲回来过年，小住时日，但这么多年过去，我依然不得要领，话在嘴边就是模仿不出来，好像咬了根冰棍似的。

而对我的父辈们——那一批生于斯、长于斯，却在青年时期就离乡打拼的人来说，回忆是一道满是水草荒废经年的闸门。

多年在外，乡音早已夹杂着南京口音；垄上的稻田，也已早早干涸；溢满童年快乐的池塘被草草推平，河水清了又臭，臭了又清；成片村屋也已变成钢筋水泥的森林；就连走过无数遍的、粘连着青苔的石板桥，也抵不住城市化的进程，匆匆换成了装扮一新的锃亮金属栏杆。父辈们的共同回忆皆散入岁月深处，徒留一座崭新的、刻有村名的石墩，哑然昭示着发生在此处的故地旧事。

"爸，南闸因何得名？有没有北闸啊？"

父亲为难地挠挠头，思忖片刻，摇摇头说，他也不清楚，只知道从小就南闸南闸地叫，一代代这样叫下来，谁会去深究名字的起源呢？世居于此的人们主动忽视的疑窦，勾起了我求知的好奇心。于是一头扎进史海，又在穿梭的车流兜兜转转间寻觅南闸旧迹。

常言道，"国有正史，地有方志，家有族谱"，这也正是华夏文明一脉相承、赓续至今的关键。沿着江尾海头和运河的脉络走进历史，遍寻数字古籍资源库的相关史志，终于发现南闸的前世今生。晚至北宋时期，为防江水满溢，蔡泾之上建造了一座雄阔的水闸，用以节制来自夏港的滔滔江潮，因而得名蔡泾闸。换句话说，蔡泾闸距今已逾千年，彼时蔡泾闸集市初具规模。岁时流转，史志记载明万历四十三年（1615），江阴增设南闸、月城、青阳、石撞四铺，到了清康熙年间（1662—1722），当地人把黄田港的定波闸称为上闸，又名北闸，将蔡泾闸称为下闸，又名南闸。故此，南闸终于确定其名，连同着老街旧集的民俗风貌存续300余年。然而，传统的水乡村落却未能逃过城市化洪流，在挖掘机、吊车的轰鸣声中，南闸旧迹，连同我儿时的经历、早已模糊的许多有趣的年俗，纷纷湮灭在时代的浪潮中。

幸而，2022年末，失传已久的宋版《江阴志》在《永乐大典》中被发现！旧志辑佚复原，再现江阴的方志之源，对萧瑟的南闸老街和一些新置的小桥，以及只剩了村名的石刻来说，终是一些慰藉。

每逢年初五、初六，便是既定返程、耽误不得的日子。年意消弭，返程匆匆，从零散的记忆碎片中拾掇起儿时旧影——瘦小的我坐在蹦蹦车里，扒着车门闹着不肯走。而今在回程的车上，亦是频频回望早已消逝的徒留一块碑刻的"村庄"，望着林立的高楼，匆匆用手机备忘记录当下情感，生怕下一秒连微妙的点滴也都湮灭在快节奏的繁杂情绪中。抬头望向窗外，今日南闸的"身影"也急不可耐地向后退，暮色跟在我们后面，越挣扎越远，直到完全消失在视野中……

余 顾

上 海

汤包华仔

认识华仔是在楼下的汤包店，至今我都不知道他的真名，但我们几乎天天见面，因为这家汤包店是他的，每天一早我都会去他那里点一份打包带回去给太太当早点。为方便联络，便加了他的微信，"汤包华仔"是他的微信名。

华仔人壮实。记得第一次光顾是在除夕前的某日下午，邻近商铺都提前歇业了，只有这家仍开门迎客。"请问，有人吗？""有，来了！"后厨跑出一个人高马大的点心师傅，面带笑容："顾客想吃啥？""小笼还有吗？""有！"北方口音更显出他大汉的质朴。后来成了常客，我才知道这位师傅就是老板，开的是夫妻老婆店。再熟络了，我又知道第一次光顾那日，他也打算关店的，但看我来了，干脆又多营业了半天，不禁心生几分歉意。

华仔心很细。我每日出门前会固定给他发微信："老板，麻烦蒸一笼鲜肉汤包，待会儿来取，谢谢。"我到店时汤包基本就蒸好了，拿到手里的打包盒总是热腾腾的。有时醒来睡眼惺忪，我忘了发消息，迷迷糊糊到店里，依然能拿到一个热腾腾的打包盒。

华仔话不多。他是河南人，可招牌叫"上海汤包"，口气不小。对此我还和他讨论过："老板，你这小笼味道蛮好，就是名字起得不太对，上海一般叫小笼馒头，没有上海汤包的讲法。"老板憨笑片刻吐出俩字："谢谢。"我不知他谢的是我肯定他的手艺，还是给他的建议，不好意思追问，便转换话题："我太太很爱吃你家的小笼。""谢谢。"还是那两个字，还是那个憨笑，还是没有点出我的小笼与汤包的"口误"。

华仔和我应是同龄人。门店装修走的是80后时兴过的涂鸦风，尤其墙上的漫画标语"這家店以後要常來！為了顧客熬夜算點啥呢"，透着复古的青春气息。刚开店那会儿，佘山大居周边的居民还不多，点心铺子难觅。华仔的汤包店开业简直像沙漠里的一汪甘泉。或许是生意还行，过了几年他买下了那辆心念已久的SUV。提车那天，他在抖音上分享道："喜欢就拿下#喜提爱车#男人的梦想。"我没车，但打心底里为他高兴。

华仔把我当成朋友。有段时间太太住院，许久没去光顾。他得知后立马道："嫂子现在恢复得怎样？住院有啥能帮忙的尽管说！要不要用车？我的车给你开！"看他起身准备拿钥匙，我赶紧拦住，但还是感激他的慷慨，那可是他新买不久的凯迪拉克。

华仔很顾家。夫妻在上海打拼，小本经营还算顺利，可孩子太小养在老家。某年夏天，他竟突然关店，让我吃了次"闭门羹"。原来孩子9月要开学了，想回去多陪几日，直至参加完开学典礼才回的上海。还有一次，他临时回老家帮衬家人操心房子的事，等了好一阵才开业。我关切地问："事情解决了吗？""解决了。"答得简单，但我猜定是不容易，只不过作为顶梁柱，他习惯做个"有苦不能说"的男人。

华仔常吃亏。近些年，附近小区新工地启动前赴后继，而他卖的老鸭粉丝、面条居然还打着"可以免费加一次面"的广告。这可乐坏了建筑工人，来的几乎各个点一碗吃两碗。我私下问："工人饭量不小吧？"他笑道："大得出乎意料！"去年又临近除夕，他打我电话："有空过来不？"去了才知他准备第二天回老家了，特地为我备了一份"年货"——十盒现包的生装小笼："给你太太过年吃！"感动得我语塞，打趣感谢："我太太就好你这口，节后你可得尽早回来啊！"

春节长假结束，华仔的汤包店终于又开了，我一如既往地早早出门。突然发觉，他是我每天第一个发微信的人，是我醒来第一个见到的人，也成了我生活中特别关注的人，但我还是不知道他的真名，只知道他的"上海汤包"很好吃。住在佘山，认识华仔真好。

贺新花

河南焦作

赶 海

我与上海的关系，源于闺蜜。

闺蜜作为引进人才，在上海定居十几年了，闺蜜的上海，一定程度上也是我的上海。

十几年来，每到假期，我会问上海那头的闺蜜，何日是归期。假期里，闺蜜给我讲的大多关于上海。假期结束，闺蜜返回上海，我的不舍也跟着去了上海。

这就是我与上海的关系。

一个人与一座城真正能建立起关系，大概就是因为在这座城里有与自己相关的人。

今年春天，我要去上海了，去上海就是奔赴闺蜜。奔赴闺蜜的旅程，是自由自在的心情。

出发前几天，在家乡，我无意中发现一株结香花怒放，香味扑鼻，娇嫩的鹅黄让我心生怜爱，浮想联翩。我写下一篇小散文，发给了《焦作晚报》，很快就见报了。我发给上海的闺蜜，闺蜜留言："你从结香花里看到了多少美好呀！崇明到处都是结香木，正在盛开，你来了可以好好欣赏。"

身未动心已远。

在手机上，我购买了郑州飞往上海浦东机场的机票，并把机票信息告诉了闺蜜。

经过1个小时40分钟的飞翔，上午9点我落地上海浦东国际机场。乘地铁来到了人民广场站，在地铁门打开的一刹那，我看到了闺蜜。

我们俩拥抱嬉戏，互相打趣。我说："你看，我们离得并不远，早上我还在家，一个多小时之后，我们就可以一起逛外滩了。"

闺蜜住在崇明，崇明岛是我国的第三大岛屿，这是上学时从地理书上学到的知识，除此之外，我对崇明岛再没有其他的认知。来了之后，我知道，此生我与崇明岛缘分很深。

在上海的10天，我和闺蜜住在崇明岛上，闺蜜上班，我每天早上从崇明岛去上海市区，晚上从市区返回崇明岛居住。

市区与崇明岛的连接，唯一的交通工具是公交车。公交车是有时间和站点限制的。岛上的人需要乘坐摆渡车到公交枢纽站，公交枢纽站将乘客送过长江抵达上海市区地铁站。我每天早上6:55在门口坐岛上的摆渡车，车票2元，大约经过十几站、半个小时的车程到达公交枢纽站，再乘申崇二号公交线到达市区。

申崇二号也是按点发车，车程大约40分钟。途中经过9公里的长江江底隧道、10公里的长江大桥。

下午也是这样的一个过程，才能返回家里。

去的时候是早上，早上5点多就有车了，半个小时一趟，关键是返程。地铁口最晚一班返回岛上的公交车是晚上9点，无论在市区什么地方，晚上9点要坐上这趟车，错过了这趟车，就回不到岛上。岛上的公交枢纽站，晚上7点是最后一趟摆渡车。因此，在市区的时候就要计算好时间。

每天早上，一拨拨人流挤上摆渡车，下了摆渡车跑着去换乘申崇二号线。每天晚上，一拨拨回潮的人流，下地铁后，潮涌般挤出地铁口，疾走到售票窗口，买票上车回岛。到了岛上，飞向公交车站，购票上摆渡车。等坐上了摆渡车，此时，心才可以稍安，该赶的车都赶上了，奔波了一天的人终于可以到家了。

熙熙攘攘的人流，从早晨到日暮，像潮汐，轰隆隆从四面八方涌来，哗啦啦向东西南北散去。这就是生活。我突然想到一个词，赶海，对，这是一种新的赶海。

赶海，是居住在海边的人们，根据潮涨潮落的规律，赶在潮落的时候，争分夺秒到海岸的滩涂和礁石上打捞或捡拾海产品的过程。岛上的土著渔民，他们的祖辈哪个没有赶过海？为了生计，冒着危险出海捕鱼、赶海捡拾。可是现在，这种生存方式已经离我们越来越远了。我问了几个和我邻座的年龄稍大点的人，他们说，依靠出海打鱼的人少了，现在的人们生活安定富足，在单位上班，干着与大海毫无关系的职业。哦，这种新的生活方式，何尝不是一种新的赶海。

第二辑

新主张

观 点 之 新

新的生活方式、新的生活风尚，

落到文字里，就是新的生活主张。

沈小玲

浙江杭州

曲终，人不散

　　春夜，我和女儿去金沙湖大剧院看昆曲《牡丹亭》。入场落座，剧院内一片静穆。一声雅音点开戏幕，曲声似铜珠落盘，水银泻地。台上的角儿水袖一甩，唱腔华丽婉转，犹如昆仑玉碎，凤凰初鸣，行走之间，好似踏云挽风，翩跹如梦。

　　《牡丹亭》改编得精巧，剧情曲折，让观众随剧中人物的喜而喜，悲而悲。主角杜丽娘的丫鬟春香娇俏，妙语频出，逗得观众笑声连连。我边笑边环顾四周，发现剧场里的观众多数是年轻人。

　　说实话，我挺惊讶的，我一直以为愿意看戏、痴迷看戏的基本上都是老年人。

　　祖母和母亲喜欢看戏。小时候逢年过节，村里会邀请戏班演越剧，祖母便带我去看戏。我听不懂台上的咿咿呀呀，但爱看涂上油彩的漂亮女子，她们穿着美艳的戏服，曲子唱得黏人，袖子甩得婀娜。

　　12年前的腊月，我出差北京，寻空和友人去梅兰芳大剧院看昆曲《西厢记》。剧院座无虚席，观众多是盛装打扮的银发族，不乏迢迢而来只为看戏的戏痴，听口音，还有港台的。

清亮的曲腔绕梁不绝，似只透蝶栖息在耳郭。曲毕，观众赞叹着离开剧场，步进北京的大雪中，没入街角，从北来的回北去，从南来的回南去，人与人的相聚只有一场戏的时间。在风和雪的间隔里，我耳畔回响着那怅然的水磨调：

"碧云天，黄花地，西风紧，北雁南飞。晓来谁染霜林醉？总是离人泪。"

曲终人散。

《牡丹亭》演出终了。

惊梦、寻梦、离魂、冥判、叫画、回生，似乎《牡丹亭》的场景全从舞台上跑来，紧紧地拽住我。为消解看剧的亢奋，我们准备沿金沙湖走一圈再回家，随几位穿马面裙的姑娘走出剧院。

马面裙是明清时期最具代表性的女性服饰。以前，我只在博物馆里见过它。隔着厚玻璃，百蝶穿花如意纹的奢美裙摆被展开悬挂，森严而沉重，像一尊巨大的极危蝴蝶标本。

当马面裙穿在女孩身上时，那种沉重的朽味一下子褪去了。随着姑娘们走停起卧，马面裙打褶处的花纹时隐时现，宛如蝴蝶开合的双翅，轻盈得仿佛没有重量。

裙面反光粼粼，模糊了时空距离。在现代剧院里，在百变灯光下，年轻人穿着500多年前的裙子来听400多年前就唱过的《牡丹亭》。

"年轻人为什么喜欢昆曲？"

我看着姑娘的马面裙，却问女儿昆曲。

女儿的回答理直气壮："当然是昆曲好咯。昆曲流淌在国人的血脉中，是骨子里的东西。"她想了想，补充道："也可能与以前比，现在更容易接触到有传统文化元素的作品。"

我茅塞顿开。

在我年少时，昆曲也好，马面裙也罢，这些传统文化于我们而言都太远了。我甚至不知道它们的存在，就算知道了，也要到大城市的博物馆里寻找。舟车劳顿，经受多少颠簸后，才能见上一面。但见到，并不觉得亲近，薄薄的一层玻璃，如同隔了好多个一百年。

它们起卧在高台，行步在云端，和人间没有什么关系。

而现在呢？隔壁单位新来的同事有好几件日常穿的宋制汉服，路上遇见的男孩穿着印有《兰亭序》的汗衫，十几岁的小孩用唢呐演奏流行乐，手机支架是小而精致的故宫，随手提的布袋是神女飞天。传统文化的文创产品，早在我不知晓时融入日常生活中。

它们看起来是那么亲切、真实，让人想去主动了解，一旦哪天读懂了传统文化，便会对它们产生无法自抑的喜爱。

"毕竟美是最霸道的事了。谁会拒绝美呢？"女儿挽紧我的手臂，又强调说，"美就是美，丑就是丑。世上断然没有指美为丑的事。"

正如《牡丹亭》，传统文化的美学与哲学未改变，但角色搭配、戏剧结构等调整都让人惊喜。比如与原著不同，丑角花郎贯穿全剧，"丑"中见美；冥判场面热闹幽默，剧情更加丰满跌宕。

越靠近，我越为古老的艺术心折。美，是人与土地无形的脐带。我脚下的土地延伸至无穷的远方，它孕育出如此美丽的艺术和创作如此艺术的人，使更多年轻人爱上传统文化，又不断吸引新的年轻人加入传统文化行业。

曲终，人不散。

谢安磊
美 国

外籍"蓝血人"

　　我清楚地记得我的第一场申花比赛。虽然不一定记得球场上的具体细节或是谁进的每个球，但我记得氛围，记得球迷之间的友谊，还有虹口体育场内大批观众的支持气氛。我记得蓝色的海洋欢迎着球队，每次进攻和防守时的呐喊声……当然，还有申花那天的五粒进球。

　　我也记得，当我站在看台上时，周围的人有些惊讶。申花有一小群忠实的外籍球迷——后来我会认识并最终加入这个群体——还有一些偶尔会来看看热闹的人，但我想，独自一个人出现在看台上、已经买了蓝色申花球衣并为球队加油的外国人，还是比较少见。也许我是他们在看台上看到的第一个外国人，或者我是他们遇到的第一个会说中文的外国人。

　　让我倒叙一下，解释我是怎么到那里的。小时候在美国，我父亲经常带我去看现场体育赛事。我们会去看棒球、篮球、美式橄榄球、冰球等，既是为了娱乐，也是为了培养我对体育的热爱，同时也能增进父子之间的感情。

效果很好。虽然我没超越校队水平，但我在比赛时会模仿我喜欢的体育明星，假装像Ken Griffey那样挥棒，或像Kevin Garnett那样投篮。从小我就迷上了看现场体育赛事，并感受着主队获胜时观众的欢呼。

21岁时我第一次来到中国，第一站是江苏省南通市。当时南通还没有职业足球队——现在的中超球队南通支云还没有成立。不到五年后，当准备搬到上海并在这座城市开始新工作时，我决定要扩展我的活动和生活方式。经过一点研究，我发现中国顶级足球联赛中有两支俱乐部：上海申花和上海上港。在找第一间公寓时，我第一次看一套房子，虽然最终没有搬进去，却看到房东穿着申花队服。在他的鼓励下，我决定先去看看这两支球队的比赛。于是，几个月后，我站在了虹口体育场的看台上。这个温馨、专注于足球的体育场里的观众以及那里的团结和家庭氛围，让我下定了决心。我知道我不需要再看其他比赛了，当场决定要成为一名申花球迷。

过了一两个赛季，偶尔的出席变成了常规的习惯，然后进展到我会安排空闲时间来参加申花的主场比赛。我每场都会去，有时还会去上海体育场——当时上港的主场——或南京、杭州等附近城市观看比赛。渐渐地，我开始和一些本地球迷变得熟络起来，他们经常在比赛中看到我，与我聊聊我的故事或球队的表现。

最终，我注意到一些穿着统一T恤的外国球迷，表明他们是一个球迷会的成员。这些多年的老球迷，对接受新的成员有些谨慎，担心他们只是无心的过客，没有对球队的真正热爱。但发现我周周出现之后，他们邀请我去参加一场赛前聚餐。经过一段时间，他们确定我是真正的申花球迷，最终我被接纳为新的成员。现在，这个团体成了我的一个重要的社交圈，我和每个人都变得亲密无间，我对球队的热爱也在不断增长。2023年和2024年期间，我参加了近30场客场比赛。我还开设了社交媒体账号，记录体育场的气氛和情绪，并与其他球迷以及我的粉丝在线上讨论球队。

申花球迷的身份不仅让我满足了对现场体育赛事的热爱，也让我融入了球迷社区。对我来说，更重要的是融入了上海本地社区的一部分。许多申花球迷已经支持球队几十年，他们对这项运动和俱乐部的热情非常强烈。我有幸被这个圈子接受，并一路上受到热情的对待，结交了许多终生的朋友。

当你搬到一个新的城市时，要入乡随俗，找到一个共同的兴趣或爱好，是融入社区并建立充实生活的绝佳方式。这在本国境内搬家时也适用，但在去到一个语言和文化不同的地方时尤其如此。作为一个终生的体育迷，支持当地的足球俱乐部是我最完美的途径。展望未来，我很高兴申花正在度过我成为球迷以来最成功的一个赛季。我是这里足球文化的超级粉丝，希望联赛能够继续前进，吸引更多来自世界各地，特别是像我一样住在这里的观众。希望现在和未来，当有新的外国人出现在球场支持球队时，没人会感到惊讶或想知道他们为什么在那里。

孔欣怡

上　海

阿嬷的粽叶

在上海吃到第一口粽子的时候，我就想起了远在故乡的阿嬷。

阿嬷，是我小时候自己私底下给她取的，没这样喊过她。究竟是这边没有这种称呼，还是小孩子脸皮薄性子倔，没个答案。她是我妈妈的妈妈，我和她有血缘关系，这是确定的。从我记事起，我就老爱跟着她，缠前缠后，恨不得像苍耳长出钩子挂在她的裤脚上，连进山采粽叶也要闹着跟去。

粽叶是她唯一的收入，一年的生计就在于此。我们那儿有许多工作都被机器取代了，但采粽叶没有。粽叶生在道旁、水边、山里，平时看着到处都是，真要以此为生，就要进到深山采出一大捆才能卖出价钱。山里可不好受啊，藤蔓缠绕枯枝，杂草挡住视线，虫蚁到处乱飞……没有现成的小道，人要进去只能拿着柴刀劈砍出路来。

阿嬷对深山早已了如指掌。一进山，直奔目的地。她一手抡着柴刀一手扯着我，虎虎生风地穿梭在林间披荆斩棘，我呢，被虫子吓得吱哇乱叫，只管闭眼往前冲。不一会儿就寻到了粽叶丛。按照阿嬷的习惯，除了被虫吃得不像样的叶子之外，还会留下一部分等明年再采，采下的粽叶会用树藤捆在一起背出山去。这还不算完，挑选、清洗、晾晒……直到端午前后，成捆的干粽叶才能拿来卖给收粽叶的人。

这真是个辛苦活，除了像阿嬷一样的老人外，没有年轻人愿意做。我试过一次后，就死活不愿再去。后来一直在读书考试，鲜少回老家，再后来上了大学，更是远离了大山，也远离了阿嬷。

起初我还惦念着家乡，不过很快被都市的繁华迷了眼。来自天南海北的同学聚在一起谈天，讲的大多是我从未有过的经历；各式各样的社团和学生组织带来的新事物数不胜数，大都市拥有无限的可能性，我自己都目不暇接，哪有空去想采粽叶的阿嬷呢？

在时代的浪潮里，似乎人人都在向前走，没有人会往后看。

可我又一次想起了阿嬷。

那时我正处于一个关键的节点，学业压力过大，又焦虑以后的前程，不知道怎么做才好。想给家人打电话诉苦，却又想着世界变化如此之快，一辈子守着一隅土地的他们怎能理解我。不承想，阿嬷先给我打了电话，说我此前抱怨不适应上海的饮食，就赶忙包了我最爱的粽子寄来，让我别饿坏了身体。我不知道如何解释，嗫嚅着说了声谢谢。

吃到粽子的那一刹那，入口是糯米的清甜，苦涩却从心底慢慢泛开，说不上是因为羞愧还是感动。这些年来，粽叶慢慢从野生采集变成了人工栽培，粽子产业也成了家乡工业化的象征，阿嬷渐渐闲下来，不再采粽叶，本就没多少的收入就这样归零了。

我以为她被时代抛弃，但是阿嬷又书写了新的故事。

县里的粽子产业需要能手包粽子，她瞒着我们悄悄报名，等我们知道的时候，她已经干得风生水起，包出的长粽又美观又结实，效率还高，一举成了工厂的扛把子。现在想来，或许是勤劳质朴的品质让阿嬷在变迁中始终屹立不倒，一如山川，沉默而踏实。

后来我问阿嬷："为什么采粽叶？"

阿嬷说："我没什么本事，只会干一件事。"

我又问为什么包粽子，阿嬷说："人总得有出路。"

往后很多难挨的时光，我总会想起阿嬷的这两句话。历史的车轮滚滚向前，每个人都会面临不同的问题。阿嬷这辈子吃了很多苦，但我从未听过阿嬷抱怨时代的不公，她总是在主动拥抱变化，一往无前。

粽叶一年年生长，撤去旧枝又长出新芽。四季轮转间，我一点点度过大学的丰富时光，在这个变化和机遇交织的新时代，学着像阿嬷一样平静坚韧，迎接新的挑战。

梁 刚
上 海

城市的味道

　　小时候我住在八仙桥一带，记忆中，常常在弄堂里玩，打弹子、顶橄榄核、官兵捉强盗或"斗鸡"。若干年后，当我重新踏入"新天地"时，才突然有了怀旧之情，就像黑夜里，远远打量弄堂里守候我的一盏灯光；抑或下雪天，在石库门里围着一盆炭火，一起涮羊肉。那种城市的味道从童年绵延到了现在。

　　之后，我就到了闵行。第一次在江川路香樟树下漫步时，那种淡定从容的味道，一下子打动了我。浓密的树荫，串连成碧天长廊；满鼻清香，远隔了闹市的喧嚣。闵行新城，构成了另一种城市的味道。

　　城市每天都在发生变化，但城市不同的区域，味道是不一样的。譬如我曾经住过的安宁路，据说开发商原先想把它打造成衡山路，但打造了20年，安宁路还是原来的安宁路。它不可能成为衡山路，因为城市的味道不是一两个菜系的组合，而是一桌满汉全席，大到一个标志性建筑，小到街旁的一块招牌、咖啡吧，都是城市味道的主菜或是调料。又比如七宝老街，应该是很有文化积淀的，老街的古朴与怀旧、小桥与流水，同外面的繁华喧嚣形成了鲜明的反差。千年古镇和现代体育公园、文化公园的叠加，博物馆、海派艺术馆和七宝教寺的对街相望，在文化的加持下，产生了一种历史的纵深感。在这个时间的缝隙处，如果找准点位，直击下去，应能够品出一些别样的味道来。

后来我到莘庄南广场居住，突然发觉这块地域的异乎寻常。高楼簇拥、生活区与商业街合理布局配置之外，在区域的繁华中，竟有着几分宁静。尤其是富都路、天河路地段，看似楼宇集聚，却格外安适闲静。到了秋天，道路两旁的栾树，黄色花朵聚集枝头，盛开时渐呈橙红，大片开着，精彩震撼，绚烂如梦。沿着都市路往北走，公园、图书馆、少年宫、上海城市剧院串成一组诗意的长廊，你能感觉到书香飘荡的味道，以及音乐散发的韵味。历史从线装的七宝走了出来，在这里，城市的风格和韵味被赋予了新的文化内涵，城市的精神就在不知不觉中升华了。如果再增加一些雕塑，让文化艺术在这里碰撞交融，并加入科学的元素，演绎成生态发展的格局，城市的味道也许会更加丰厚。

曾经浏览伦敦，这座城市的大街小巷弥漫着很浓的文化气息。许多街口、店铺、住宅门口都悬挂着很有诗意的小匾牌，告诉你哪位科学家、文学家、艺术家或是历史杰出人物曾经在这所房子居住，或在这条短巷散步，让你肃然起敬的同时，多了一份文化的浸淫。伦敦人在已故画家杰克的旧居前放了一块匾牌，上面写道：这是一位为艺术而奉献了一生的画家，请不要惊动他。游客走行至此，会不由自主地放轻脚步。那一刻，文化的味道就如浓浓的咖啡，香气扑鼻。

　　这种文化上的差异，让我们的瞭望有了不同的视角。茶和咖啡都是表面的东西。关键在于品尝它的人，有一个怎样的灵魂。

　　能让城市拔节生长的，永远是那些润物细无声的东西。那就让那些道不明的"东西"，伴着我们的生活，滋养我们的精神，培植我们的城市。

郑 立
重庆

点 亮

天光散尽，大地坐进夜色。

母亲喊一声，点亮。父亲点亮，土墙瓦屋闪动亮光。山坳上，座座低矮土墙屋和木板屋在这个时候几乎同时被点亮，丝丝缕缕的亮光透出木格窗户和板门的缝隙，流泻出一片温馨。

母亲喊点亮，是用划燃一根火柴点亮一段枞亮，或点亮一枝枞烛。山村里死了人才说点灯，点长明灯，豆油、菜油、麻油……活人只喊点亮。枞亮、枞烛，闪耀在我童年懵懂的记忆中。

松树是乌江腹地海拔800米山地的常绿树，油松、红松、马尾松、雪松如此种种。马尾松，我们叫枞树，上过学的人叫它松树。在枞林取枞油（松脂），刷枞亮，打枞蛋（松果），扒枞毛（黄落在地的松叶），剃枞枝，砍枞料……这是村里人与枞树的亲密。

枞亮，是噙饱松脂的枞柴，柴质鲜亮肉红，用刀劈成干硬纤细的木条儿，触火即燃，没干透的还会发出"噼啪"的微响。刷枞亮，得选树龄10年以上的岭上枞，且选长不成材的枞树。

在半人高的地方，向阳的一面，用利刃刮去褐红色鳞状的表皮，刺划几道竖条深纹，让树脂从残留的树皮下渗出，透进刀纹。三五年风露，月晾，日晒，刮了皮的半面树身变成了肉红，凝满泪珠一样的松脂，这段树身就是枞亮的原材。

取枞油，得在10年以上树龄的树根部往上一两尺砍开一两个拇指宽的刀口，让树脂从刀口里丝丝滴滴地淌出，掉进系在下边的竹槽，半个月取一次，如果树脂量小，还会补上一两刀。树龄在20年以上的老枞树，它们的根部多会自然流一些乳黄色的树脂球，少的有几钱，多的一二两，这是制作枞烛的最佳原料。

制作枞油烛是一件精细的手工活，熬油、打纤、制烛、风烛，讲究一丝不苟。山里人节俭，如不是节庆，不办红白喜事，夜里是不点烛的，点的是枞亮。手艺人制作的枞烛大部分卖进城里，换回些布料、针头线脑、糖果窨酒……

我读小学的时候，母亲喊点亮，父亲点的是煤油灯。我不喜欢煤油灯，在灯下写作业是一股刺鼻的煤油味。我特喜欢枞亮和枞烛燃烧的清香。家住梁子山深处的外公不时送来一捆枞亮，我每天入夜点一支，珍惜着亮闪闪的枞香。我在枞亮下读书写字，母亲在一边做针线活，做完作业，母亲催我洗漱，上床，吹亮。母亲说，点亮，要点得有用，不然浪费了，点得不值。在黑黢黢的夜里，我睁大眼睛，想不明白仅上过一年小学的母亲说的这个道理。

我奇怪母亲把点灯坚持说成点亮，还有与点亮有关的话题打亮。母亲对点亮和打亮这两件事情看得重要。葵花篙，黄篾篙，柏皮篙……这些打亮的亮篙，母亲备得不少，后来备齐了马灯和手电筒。母亲不说马灯和手电筒，笼统说成打亮。夜晚，有人敲门找亮，母亲对我说去把亮拿来。风雨之夜，给找亮的人备的是马灯或手电筒，马灯或手电筒如果很快转送了回来，母亲定是满脸的阳光。马灯或手电筒有时也会一去不回了，母亲会说，莫怨，是人都会有难处。

我上初中时的时候，村边山溪建了水电站，有了电灯。夜晚，母亲从不说来电，只说来亮。问我说，来亮没有？从不问来电没有。开灯、关灯，母亲只说点亮、关亮。我说母亲，不要把开灯说成点亮，说开亮也好听一点。母亲说，灯，只是一个东西，亮是灯心里的东西；电，也是一个看不清楚的东西，亮是电心里的东西；只有点亮，才让我的眼里心里都明明白白。

母亲一直用"点亮"这个词语喂养我，很多时候我觉得她对"点亮"这个词语的理解很有创意。母亲一直固守自己的山村，只认识简单的字，会做简单的计算，会与绿意盎然的枫林一起感动，会为一只小鸡小狗的死难过，会在土墙的暗角抛一些粮食给冬天里缺吃的老鼠……

或许这个点亮真是她的习惯口语，没有更多的意义。我这样想的时候，心头总浮起枞亮、枞烛、亮篙、马灯、手电筒……这些已经随母亲远去的光影。母亲与她的"点亮"离开了这个世界18年。点亮，这一个词语，与我如影随形。

任佳静
内蒙古包头

书店的守望

　　清晨，阳光透过树叶的缝隙，洒下斑驳的光影，映照在书店的牌匾上。开锁，轻轻推开店门，店里的空气中，充盈着书籍所独有的气息，似乎每一本书都在静谧之中轻声诉说着属于自己的传奇故事，为自己冲一杯咖啡，选一本书静静坐在窗前，等待今天的一日店长到店体验。

　　作为一名书店经营者，我从上学时就喜欢长时间沉浸在图书馆里，从一排排书架间慢慢走过，手指轻轻划过书脊，书名与作者在视线中暂留，有些一晃而过，有些再难挪开视线，选一本阅读，从日升到日落，时间缓缓流淌。工作之后也喜欢在闲暇之余寻找一家书店，在那里静坐发呆，书店是忙碌生活中的避风港，是让快节奏生活慢下来的减速器。后来索性开了一家属于自己的书店，每天按照自己的节奏生活，舒心而惬意。

　　开一家书店是很多人曾经的梦想，只是梦想与现实难以两全，如今大家都在各行各业中施展才华，在忙碌之余，偶然才会想起那个被遗忘在记忆角落中的书店。

于是想到在自己的书店举办"一日店长"体验活动：如果你在生活中累了，不如从原有的角色中逃离出来，体验一天曾经想过的生活，当书店店长，做一杯咖啡，和大家一起分享喜欢的书，聊一聊生活与憧憬，或者在清幽一隅静享读书时光。

无论你正处于什么样的生活状态，通过一日店长体验，总会有所收获，当然，收获是双方的，你有我也有。随着活动开展，我见到了很多体验者，有女儿为妈妈报名的，女儿希望全职陪伴自己的妈妈也可以做自己喜欢的事；有从其他城市专程赶来体验的，只为自我疗愈，实现与书为伴，放空自己的愿望；还有处在gap期的店长，正在尝试各种职业，希望从中寻找到自己喜欢的生活。我从体验者身上看到了百味人生：有人自始至终沉静少言，喜欢倾听，但内心却热烈滚烫；有人对一切充满好奇，很容易满足，像极了涉世未深的孩子；有人喜欢随手拍照，任何事物都可以成为他镜头里的主角，那些看似平常的照片中是被捕捉到的幸福。

很多人会问我，现在看实体书的人越来越少，你怎么还在坚持开书店呢？答案是——我相信纸质书籍所传递的触感和温度是无可替代的。用质朴的纸张作为载体，用醇香的油墨记录，亲手翻阅书籍的过程，是与文字最直接的交流方式。

书店不只是卖书的地方，还是书友们的精神休憩地。在城市中的小小的书店里，从进门的那一刻起，你便只是你自己，放下外界赋予的职业标签和种种身份，暂时将生活中的焦虑与迷茫搁置一旁，沉下心来读一本书，窗外的车水马龙与尘世喧器都与你无关。时间长了，这里没有顾客，只有朋友间的交流，从热播电影到流行音乐，从烘焙技巧到咖啡口味，一切都是自然而然的刚刚好。

大家会分享自己的喜怒哀乐，也会用心倾听他人的故事。在这里忧伤会被稀释化解，最终被丝丝暖意包围；一份简简单单的喜悦会成倍放大，快乐被传递，幸福在蔓延；一把吉他就可以成为自己的乐队，尽情演奏，不必在意别人的眼光。

书店里的每一本书都如一把充满魔力的钥匙，能轻轻开启一扇通往不同世界的神奇大门。有人喜欢在波澜壮阔、源远流长的历史长河中自由穿梭，感受岁月的沧桑；有人喜欢在行云流水、妙笔生花的文学花园里沉醉，领略文字的魅力。举办一场小小的读书会，把喜欢的书分享给更多人，这便是属于读者的狂欢盛会。

随着悦耳的风铃声响起，一日店长已到达。朦胧中脑海里闪现出各种各样的情节，但那都不是真实的感受。虚无并不是终点，过好当下才是最重要的，今天的体验希望能够给你带来满满的收获。

书店在城市的喧嚣中散发着柔和的光芒，为每一个满怀期待走进来的人点亮心灯，成为他们内心深处最温暖的避风港。

张大文

上 海

鲁迅在"无事"日
做了什么事

数清了《鲁迅日记》中写上"无事"二字的天数，共616天：从1912年5月5日到1927年12月31日（上册），有482天；从1928年1月1日到1936年10月18日（下册），有134天。

那么，"无事"首先排除了身边的哪些事呢？通读鲁迅24年半的日记（其中缺1922年的，只有许寿裳手抄的断片47则），日常不外探亲馈赠、外出应酬、请客聚餐、得书赠书、求诊延医、观剧游园、送幛贺喜、探病吊丧、开会演讲、远地访古、易城教授、月薪版税、修补旧书、沐浴濯足、天气阴晴风雨、信稿收读复寄、专集编校起止、为人编译作序、年终书账总汇之类。

那么，鲁迅是不是在"无事"日就生活在摆脱上述琐事的"真空"里呢？我曾把鲁迅一生所有杂文、论著和小说、诗歌作品篇末注明写作时间——（年）月日者，同鲁迅日记中的"无事"日一一对照，发现写在"无事"日的文章共有23篇。例如1918年11月4日的《渡河与引路》（《集外集》）就是其中第一篇。

1924年2月7日这个"无事"日，鲁迅写好小说《祝福》，塑造了底层劳动妇女祥林嫂的典型形象，践行了"揭出病苦，引起疗救的注意"的"为人生"（《南腔北调集·我怎么做起小说来》）的创作主张。

值得注意的是，所谓"无事"日，绝大多数都在工作日，都是正常上班办公、教书授课以外的业余时间。而1927年9月4日这个"无事"日正好是星期天，于是一连写了《答有恒先生》等三篇杂文（《而已集》）。他表明经过1926年三一八惨案和1927年四一二反革命政变，决心要在牺牲了的战士的淡淡的血痕之路上前进，就此爆响了沉默了两年的第一声春雷。

1934年6月4日这个"无事"日，他别开生面地一连用三层选言推理的否定肯定式写出了脍炙人口的《拿来主义》（《且介亭杂文》）一文。

有时，鲁迅在前一天晚上赶写文章，直至深夜或黎明甚至上午，第二天调休，也叫"无事"。例如1924年3月4日夜校讫《中国小说史略》下卷，已是东方欲晓，便正如许广平在《两地书》中第115号信上所说，她天亮醒来，却是鲁迅预备睡觉的时候。又如1935年12月31日夜里编讫《且介亭杂文二集》，再写《后记》一万一千字，直到1936年1月1日上午。所以，元旦的"无事"，意味着辛苦劳作后的下午小憩。

那么，鲁迅在最后一个"无事"日即1936年8月3日在做什么事呢？——鲁迅正在一字一句地校正一篇7000字的长文《答徐懋庸并关于抗日统一战线问题》（《且介亭杂文末编》）。这篇文章是冯雪峰根据鲁迅意见执笔拟稿的，但鲁迅还要修改、补充，以紧随党中央的战略步骤。而在这段时间，鲁迅身体已经不好，经常发热，甚至痰中带血。但是他始终肩负着作为民族之魂的使命与责任。

鲁迅在"无事"日除了刻苦写作，就是埋头读书。我们千万不要忘了他的书账（包括1922年的）跟他的日记相始终，24年半中共购书3927部（不包括一部书中的十几本甚至几十本）。但是，除了最初几年和最后几年在日记中略记读书事，当中20年左右几乎不名一字。不言而喻，鲁迅一定在"无事"日用功读书，而且如同不把文章当天写好不罢休那样，他一定不用最少的时间读好最多的书不罢休。

尤其值得我们关注并深思之的是，鲁迅把刻苦钻研的读书、写作一律概括为"无事"的深意。照理，这不是身边琐事，不是到教育部办公的职事，不是到学校兼课的教事，而是厚德敬业的学事，是用匕首、投枪致敌于死命的战事；不是记功录绩的私事，而是为国为民的公事；而且不是写了一般性文章的小事，而是写了思想发展史上标志性文章的大事；但是鲁迅反而一律目之为"无事"：以有作为无为，视业绩如云烟，始于无终于无，无无与共;虽然循环往复，并且螺旋上升，还是回归原点，点点贯空。——"无我"，这就是"无事"的本色，这就是鲁迅的本色。

祁敬君

辽宁沈阳

笔 名

　　但凡写东西的人，往往都会有一个或多个笔名。我固然不是著名作家，亦没有发表像样作品，但也有个笔名。

　　我的笔名，起初是网名。QQ刚上线不久，单位要求每人注册个QQ号，以便工作之用。负责帮助大家注册的是一位大学毕业生，告诉我，你得起个网名。我略加思索，脱口而出：二月乡村。

　　那时，我对QQ了解甚微，不懂设置，有社会上的人加我好友，好奇地问："看到你的网名，联想到柔石的作品《二月》及电影《早春二月》,想必你是作家？"嘿嘿，啥作家，山里农夫。

　　有的网友直接问："你与二月河啥关系？"我笑侃："异父异母亲兄弟。"网友不屑地说："模仿名人笔名呗！"

　　老天在上，真不是模仿。二月乡村，尽管直白，却蕴藏着出身密码——我出生在早春二月（农历）的一个山村。简单吧？肤浅吧？却能寄托自己的思想、志向、情怀、愿望及追忆等等，时刻提示我，西服穿在身，心依然是乡下心。

说到这里想起一个老乡。他是我高中同学，我理科班，他文科班。当年高考其失利，名落孙山。我工作10多年了，一天在报纸副刊读到一篇非常优美的散文，笔名高大厚重，猜想是位名家。急忙看文后作者简介，内容有工作单位及照片。我惊愕，这不是我那位老乡加同学吗，何时辗转与我同城了，散文居然写得炉火纯青。我兴奋不已，呼地站起要给他打电话，想请他聚聚。且慢，仔细再次阅读简介，看到"出生某某市"的字样，我哑然失笑。祖祖辈辈是农民，小学前这位老乡都没走出过生他养他的那个村子，他家那个小山村离我家5里地，一面靠山、三面临水，山清水秀，这么美丽的家乡不敢承认，竟然偷换概念，将工作生活的大都市巧妙地换成"出生地"，脱胎换骨，移花接木。我轻轻放下电话，缓缓坐了下来……

诚然，二月乡村是直白，还有些土气，但那正是我的本意，就是告诉人们我是乡下人，也提醒自己勿忘本。广义上讲，我是个农民工。

早年是喜欢鼓捣文字，不过因种种原因，辍笔20多年。经网友一再提示，倒是重燃写作欲望了，如鲠在喉，不吐不快，索性重新提笔码字。不久，"二月乡村"这个笔名，首先在江山文学网和盛京文学网"粉墨登场"，再后来，陆陆续续出现在全国各类征文及期刊的作者简介上。

我从小胸无大志，不敢想去做惊天动地的大事。自然笔下的人物、事件，也都是普通平凡的人、普通平凡的日子，没有宏大的叙事，也没有多舛的命运，追求简单。写东西多是写"小"，作品的题材"小"。向小、向下、向真、向善，与父辈劳作一样，面朝黄土背朝天。以内心田园风光的自我塑造，凭借文学意义上的山光水色来构建情怀。比如一个村落、一个院子、一条河、一棵树、一段邻里乡情。我的作品背景几乎都是故乡那个生我养我的小山村,皆是故乡风土人情。西北有家省报副刊编辑,每每编审我的稿件,总抱怨我"东北口音太重",有些地方如此如此修改可好? 我婉转地说,倘若如此,就不是俺那嘎达的东西了。磨合两年终于认同我的写作风格。这大概就是艺术圈说的"民族的,就是世界的"吧。鲁迅的绍兴,沈从文的湘西,张爱玲的上海,莫言的高密乡,无不是把自己对文学的理解、对人生的感悟,写在自己最熟悉的环境里和最熟悉的人物身上。描绘一个时代,还原一个场景不仅仅是语言魅力,更多的是由真实所产生的力量。

我信奉一位乡土作家的话:倘若能把村子里的事都弄明白了,那么世界上所有的道理也就差不多都清楚啦。

最爱乡村二月天,初心无改绘田园。

海 涛
浙江宁波

你最近在忙啥

我从办公室走出来的时候，看到了天上一轮又圆又大的月亮，很奇怪在这冬夜里竟然还有这样的月亮。

打开手机找了一辆电量显示还有46公里的小遛，把蓝牙耳机往耳朵里紧了紧，再把工作服的拉链拉到底后就一路向西，开启了今晚的下班之旅。

当耳机里传来"游历在大街和楼房，心中是骏马和猎场……天外有天有无常，山外有山有他乡"的时候，我正路过黄河路。有朋友问我最近在忙啥，约饭约不到，也不见我发动态，更没见我写文字。这问题一下把我问蒙了，是啊，我在忙啥呢？一晃又快一周过去了，我都还没想到标准答案。但当黄灯下的斑马线与毛不易苍凉的唱腔交汇时，我突然就顿悟了，原来我一直在"忙着生活"。

到松花江路的时候，妻子打电话来问我是否回家了，叫我把工作服穿上再出门，外面风很大，没有公交的话就打个车回家。我抬头看了看略显空旷的黄山路，按上衣领上的扣子，抬脚，继续出发。

"曾经在幽幽暗暗反反复复中追问,才知道平平淡淡从从容容才是真……"耳机里的歌声让我想起了穆旦说的那句"我的全部努力,不过是完成了普通的生活"。你看,大道理讲究的是让人去追逐伟大,去培养伟大的人格,去创造伟大的事业,去追逐伟大的功名,但世间真的没有那么多伟大,更多的是平凡的朝朝暮暮,我们往往都在伟大的梦想和平淡的生活之间撕扯,那些不切实际的幻想严重地降低了我们去体验最真实生活的能力。

前段时间有个小伙伴问我:"涛哥,你和嫂子经历过生死大事吗?"我记得我当时的回答是:"没有生死大事,只有真实生活。"真实的生活是什么样?我觉得就是平凡。我们都应该学会接受平淡如水的生活、无能为力的挽留、突如其来的意外和猝不及防的分道扬镳。在日复一日枯燥的生活中,细细品味平凡是真。"把酒祝东风,且共从容",不出意外的话,我的人生肯定不会有波澜壮阔、刻骨铭心的事,更没有那么多强烈的爱憎,就是淡淡的,即便有离别、有忧伤也应该是淡淡的,也许生活没有想象中那般美好,但至少值得我们去感激。

骑过富春江路后,我看到了两辆卖小吃的三轮车和一辆卖水果的小皮卡在路口出摊,几个路人围在卖重庆小面的小车前面点餐,旁边卖煎饼的老板不住地搓着手,羡慕地看着隔壁的邻居忙活,而小皮卡上的水果则像它们的主人那般慵懒地在车里半躺着,我想,它们要是也能人手一部手机的话应该也在刷电视剧或者打排位赛吧。

过平风岭隧道的时候,小遛慢悠悠的速度和窄窄的辅道让我被后面的"骑手"们用喇叭声催促了好久,其实在隧道里以

24公里每小时的速度骑电瓶车应该不算慢了，至少这已经是小遛最快的速度了。但显然，那些着急回家的人没有惯着我，他们快速地通过了山洞，驶进了前方的机动车道，而我的右耳响起崔健那撕心裂肺的歌声："我有这双腿，我有这千山和万水。我要这所有的所有，但不要恨和悔……"

终于，在半小时后我来到了江南路，这也是黄山路的尽头，而此刻的歌是任贤齐的《浪花一朵朵》，想想再往前就是海边了，倒也确实很应景。

你看，我裹着超级抗风又保暖的工作服，骑着小遛用了半个多小时走过了这座城市的"名山大川"，就像抛开眼前的苟且，找到了诗和远方的骚客一样开心，因为这诗和远方真的不在远处，它们就在生活和歌声里。

最后愿大家都能够在苟且的生活里活出诗和远方的心境吧，特别是当被问起最近在忙啥的时候，都能坦然地回答："忙着生活呢。"

张红兵
山西晋城

游子心中的故乡

　　10天前，远在家乡的我的兄弟媳妇就发短信问我的爱人，什么时候回去。其实，就是从现在算起，离过年也还有10多天。我爱人被问得一头雾水，那时她所在的小学校没有放假，确切地说还没有期末考试。她问我怎么回答，我说我也不知道，即便是放了假也不可能马上回去。爱人于是回复说，有什么安排，对方没有回话。能有什么安排呢？大家都在忙，自顾不暇。弟媳妇的询问也可能是随口一说，也可能是希望我们早点回去。他们并不是没有时间观念，而是时间太不够用，弟弟开着一家手机店，一年从头忙到尾，还要照顾年迈的父母，他们没有直说，但言外之意一定是希望我们分担一些。父母的身体近来大不如前，甚至自理都有些困难，我们常年在外，应该抽出时间回去陪陪他们，替他们洗洗衣、做做饭、干些家务。

　　在这一点上，我长期心怀愧疚。俗话说，远亲不如近邻，远水不解近渴。我的哥哥、弟弟、妹妹都在老家，多少年都是他们在帮父母，种地、收割，甚至还有许多你想不到的日常杂务，更不用说照顾他们生病住院，那种焦头烂额很难想象。我总想，等我退休了，我一定要回老家去专心服侍服侍父母亲，但是想归想，父母亲能等到我退休的那一天吗？"子欲养而亲不待"，对这句话的理解，也就仍然停留在口头上，这样，愧疚还是愧疚，丝毫无法减轻。

每到寒暑假，妻子总说，你一个人回去吧。她的话当然有更多的意思，作为儿子，照顾父母理所应当。妻子的观点是正确的。说归说，即便是我也不能做到。并非借口，身心总是被琐事缠着无法解放，回家也就成了一个象征，匆匆忙忙回乡，匆匆忙忙离开。我知道问题的症结在哪里。但我无法解决，回家的路于是便显得格外漫长。

20多年前，我还是单身，每年一放寒假，如果没有特殊事情，必定早早回乡，那时的家只有一个。事实上，我也无处可去。当然，或许从来没有想过四处走走，旅游或者去异地访友。我的经济和我的胆魄都不允许我那样做。那时，一个人住着单身宿舍，一床、一柜、一书桌、一椅，还都是学校的财产，吃饭在食堂，甚至连一只碗都没有，上大学时用的一只铝质饭盒，继续用了好几年。记得有一年年终发福利，一箱红富士苹果，苹果又大又红又甜，这么好的东西一定要和亲人分享。其实，只有离开家的人，可能才有家的概念，一人在外，举目无亲，我强烈地感觉到我是游离出来的家的一部分，是我自己把自己迷失了，走丢了。放假就是号令，归家的愿望又是那样强烈，一箱苹果因为我的美好愿望，也被赋予了感情，也成了家的一部分。我用一只巨大的军用背包背在肩上，上车下车转车，甚至有一段路需要步行，一路苹果的香味萦绕着我，我感觉我和苹果合到了一起。

天气预报说，未来5天，大雪将再次席卷我居住的城市。如果算日程，5天之后，还有几天晴好日子，雪会融化殆尽，会给我让开一条干净整洁的道路。近乡情更怯，回家不仅仅是要准备好一条物理上的道路，我还需要有心理上的准备。时间无时无刻不在侵蚀着我们，我希望改变的只是我们容易改变的容貌。

只有离开故乡的人，才有一个故乡；只有不停地走向故乡的人，才有一个故乡；有一个故乡，虽然很难抵达，但你总念念不忘，你才算真正有了一个故乡！

徐建成
四川成都

魂归何处

清明雨纷纷，归乡祭母亲。

伫立母亲墓前的，有我有妻有儿有孙。

半个世纪前，我从插队的山乡返城，并由代课教师转为了正式教师。不料，母亲突然离世，使我在两三年间夜夜都会梦到她：梦到她在学校住宿区的门边等着她的儿子，等着我从朋友家踏月归来……

50年过去了。77岁的儿子、70岁的儿媳、42岁的孙子和7岁的重孙子来到老人墓前看望她。儿媳、孙子和重孙子都没有机会见到我的母亲，而母亲认得的记得的也只有她的儿子。离开儿子时，她自己仍是满头青丝，而她的儿子，这几年也已是头顶飘满了积雪……

年年清明，年年都有后人来看望远去的亲人。往些年，墓前是燃烧的香蜡纸钱，是告慰亲人的鞭炮声声；这几年，故乡的丧葬习俗也改革了，喧嚣的鞭炮声变成了在墓前敬献的一簇簇思亲的黄菊花。

人都说，父母在，家就在。我愿说，故乡在，母亲就在。她就在故乡的河水边，在故乡的半山腰无牵无挂地长眠。

我的父亲、母亲还有一个9岁早夭的妹妹，加起来共活了95岁。

记得我上中学时读到杜甫《石壕吏》中的"存者且偷生，死者长已矣"时感动得泪流满面。我多年前就有过一个心愿，希望自己能活得长久一些，至少要活过父母和妹妹加起来的95岁，多享受一些改革开放的成果，把父母和妹妹生前没有看到过的、没有享受过的，帮他们看过，帮他们享受过，帮他们去减少些我生命中的痛楚、无奈与遗憾……

伫立母亲墓前时，我想到了我的后事。我的后事自然应由儿子来安排。

我会如何向儿子交代后事呢？

是将骨灰葬于母亲的墓旁，还是撒入江河湖海，或者就是葬于一棵树下……

是只交代我自己的后事，还是应先与妻商量后再交代；最好是与妻取得共识，让儿子照此办理，到清明时节他也好有一个不太遥远的思忆父母的地方。

这地方应是我的故乡。这地方也应是妻的故乡——她出生于成都，她的故乡就是她生活了一辈子的成都。假如我们百年之后，我葬于我的故乡雅安荥经，妻葬于她的故乡成都，我们相距不到两百公里分居两处倒也无妨，只是会太辛苦儿孙和重孙辈了：一到清明节，他们就须跑至少两处或四处老人家的墓地去看望。如此一来，逝去的人反而成了活着的后人的负担，这一定是我们不愿意的事情。

故乡是每个人的出生地，每个人都有自己的故乡。每个人的故乡都不一定相同，但所有人的故乡都会有最大公约数——我们的共同故乡都是中国，都是我们这颗旋转着的星球。

30多年前，诗人流沙河先生在他的《庄子现代版》扉页为我题词道："回归自然，是大宇宙的乡愁"。

人活百岁，终有回归自然之时。那就让我和妻百年后都回归到我们四川、回归到我们中国的江河湖海或哪片林子中的那两株树下吧——

让我们从故乡的那条河奔腾入海……

让我们从沿海的那片海域奔向浩渺……

或者，就让我们长眠、安息于那两株树下吧——让我们活在桃林的芬芳香甜里，活在松树的挺拔苍翠中。

让我们的儿孙后代，能在桃林里，能在松林下，能在江河湖海航行时与先人交流、对话，能感恩生命的前赴后继，生生不息……

想大声呼吁：让故去的人有尊严地回归自然，让子孙后代都愉快地生活在这方叫作中国的美丽故乡。

鲁 瑶
广西桂林

关于孝顺

　　记得还是20世纪80年代的一天，那天正好我回家，村上一个老人过世，老爸去吃完白酒回来后跟我说："这个老人的女儿很孝顺啵，做酒做得很像样子，搞起全鸡全鱼，其他的没几个人能做得这么好的。"

　　20世纪80年代，我们那个小山村还很穷，做酒席确实没有几个人会做全鸡全鱼，多数是将鸡、鸭、鱼切成小块，一只鸡、鸭、鱼装成两碗三碗，能让全鸡全鱼上桌的，确实"很阔气很大方"，想想老人在世时过的那种一穷二白的日子，冬天常常只有一身破棉袄，腰里扎一根草绳，还经常赤着脚，鞋都没有一双穿，对外人还说是习惯了，不觉得冷。我说："别说全鸡全鱼，她就是弄全猪全牛，她的父亲还能吃到一口吗？这样做只不过是为了要面子，有何意义呢？如果真有钱的话，在老人能吃能穿时让老人吃好点穿好点才是真孝顺。"老爸听后觉得蛮有道理，连连点头："也是哦，在世时没吃没穿的，死了再怎么弄又能怎样呢，空得个面子而已。"

前几日一个朋友在我这里玩时，接到她妹妹一个十万火急的电话，告诉她妈妈生病花了84元钱，要她马上拿钱过去，两姐妹平摊，每人42元钱。她一听气得一下将手机扔了出去，把我吓了一大跳。她说她妈妈现在跟她妹妹过，给她妹妹带孩子，今天生病了，打吊针花了84元钱，她妹妹一看到账单，就急忙给她打电话。然后对我说："你说我妹是个人吗？老妈在帮她带孩子，她不给工钱也就算了，生病花了84元钱，还要打电话让我平摊医药费。"

这两姐妹都是本科生，都有一份好工作，收入不低。身为农民的父母，为了送她们姐妹俩读书真是吃尽了苦头，现在三天两头的，我们都会听到关于她们怎样对待她们的父母的事情。这个帮父母买了一件东西，如果看到那个没买，是必须要等到那个也帮父母买了东西后，再考虑给父母买其他东西的。

当我指出她们这样做是不孝时，朋友很委屈地说："我并不是不孝啊，可是我父母养了我们两个，总不能让我一个人负担他们，而让我妹旁观吧？她的日子比我还好过呢，凭什么要我多负担点呢？"

她们觉得她们并不是不孝顺，只是有一种平均心理而已，她们认为当年父母养育她们两姐妹时，付出的差不多，现在我回报父母多少，你也必须回报多少，这样才公平。

前两年有个同事跟我讲，她父亲看她爷爷老了，想让她们兄弟姐妹几个一起回老家去，跟爷爷一起过个年。她认为她的日子过得不是很好，而老家那两个堂哥堂姐都是有钱人，她怕回去会遭到老家亲人们的嘲笑，就对爸爸说："等过几年，等我有钱了再回去吧。"她爸爸讲："什么叫有钱？什么叫没有钱？

难道你连回家的路费都没有吗？如果没有，我也是可以给你的。怕只怕等到你认为你有钱那天，你爷爷再也见不到你了。"

是呀，子欲养而亲不待。孝顺老人，是不能等的，谁也无法预料明天会发生什么，无论我们是有钱人也好，普通老百姓也罢，尽我们的所能，让老人能吃的时候吃上一口好的，能穿的时候穿上一身暖的，能感知一切的时候高高兴兴的吧。

赵 菁
海南海口

出山的路

　　周末从省道自驾返程，一路上像又读了一本世界之书。再回想起一年的驻村生活，当真是珍宝。

　　如果以几句话概括驻村一年的收获和体会，可能是——人生地图建模区域增加80%，知其然也知其所以然，走出去的路很长。

　　在村里的一年时间，我的人生地图建模多完成了80%。从一村见全局。之前并没有真正深入体验过乡村生活，特别是还处于发展前期的乡村。吃住在村让我能沉下心观察田野、回归田野。我见到了最广阔田野的样子，见到了破屋、别墅、小楼，见到了贫穷、富有、宗族、风俗、病痛、幸福、悲伤、快乐、愚昧、开明、现代、传统、不幸、幸运、威望、簇拥、冷眼、热情、矛盾、和谐、危险、安宁、脏乱、洁净。

　　田野是一本太厚太厚的书，读书人可以以上帝视角去描摹自己的哈姆雷特，但书中人书写自己的故事却用了很久很久。

　　今天走了一百多公里的省道，从好奇、兴奋、游玩、探索、到疑问、无奈、感慨、豁然。因为有着村人的经历，总会忍不住把自己代入书中角色。作为游人，我会为秀美的群山倾倒，会为绿油油的稻田疏解，会驻足看鲜花雀跃，听林间溪流鸟鸣，品山间轻风吹拂。可若我是村人呢？是在深山中的桃花源人，是只有一条出村路的无从选择，是要驱车50公里才能看到出口的无奈，是去镇上也要积攒一段时间的隐忍，是看外客来来往往的羡慕，又或是不知外界为何的麻木？是方圆几十公里才有一所学校的渴望，是没有交通工具就只能原地打转的寸步难行，是体验了党和政府最切实好处的感激，在村村通工程、脱贫攻坚、乡村振兴后，群山裂开了缝隙，总算没那么封闭了。

　　出山的路太长了，要走很久。如果你在城市中见到了我，那我已走了很久很久。

陈立明

安徽合肥

城里景 乡下粮

　　一座废弃的柴油机厂，改造成为一处文创街区。红砖墙、老车间、大烟囱，斑驳，古朴，沧桑，透射出高识别度的年代感，与毕加索式的绘画、镜面水池、抽象雕塑，形成强烈对比，相互撞击，怦然炸裂，成为极具艺术风格的时尚街区，参观打卡者，络绎不绝。

　　与父亲走进柴油机厂文创街区。父亲背着手，像走在被庄稼围拢的田埂上，这儿瞅瞅，那儿看看，不时摇摇头，摸摸大肚子的荧光屏电视机，推推二八杠永久牌自行车，拨弄一下漆皮脱落的老收音机……父亲边走边自言自语："城里人真闲，天天没事干，尽捣鼓这些老玩意儿！"

　　月亮不见踪迹，星星挂在天幕，不时眨着眼睛，一闪一闪，与红砖黑瓦辉映下的霓虹格格不入。绕过一片绿地，拐过一个巨大的螺丝帽焊成的巨型人像雕塑，父亲忽然眼前一亮，像在他乡邂逅久违的老朋友。定睛仔细打量，原来红砖墙下，一小片郁郁葱葱的水稻正迎风轻拂，淡淡的稻秧气息，磁铁般深深地吸引住种了一辈子庄稼的父亲。

父亲蹲下身，伸手轻轻揽过几株稻子，鼻翼凑近刚灌浆的稻穗，深深地吸气，像要把整株稻子都吸进胸腔。蹲了好一会儿，父亲站起身，抬起缓慢的步子，一步步轻缓向前，目光紧紧地黏在秧苗和稻穗上，像携着一条浓稠的带子，在整齐的稻穗与禾苗上拖行，留下一道看不见的深深浅浅的印痕。

墙上的抽象绘画，深奥难懂。遮阳挡迎风轻摆。墙内装修别致的咖啡馆，以及精致的咖啡杯、杯内香味缭绕的咖啡，全然被眼前的稻子阻挡，没能进入父亲的视线。父亲缓慢挪着步子，低声感叹："多好的稻子啊！长势这么好，秆壮、苗宽、穗大，这样的长势，一亩地最起码能打1500斤稻谷……"

三三两两穿着时尚前卫的小年轻，驻足稻苗旁，摆出各种造型拍照打卡，嬉笑声中，父亲和稻子一起，成了他们镜头中的风景……

我猜，父亲是想家了。离开生活了大半辈子的乡村，来城里生活，父亲像一株栽错地方的稻子，耐着性子，努力适应城里的生活。眼前的稻子，仿佛让父亲看到了进城的自己。父亲深情地打量霓虹映衬下的稻子，努力灌浆的葳蕤的稻子，也似乎动情地凝视着父亲。稻子和父亲对视，眼里泛起绿油油的光。

父亲是种庄稼好手，同样的田地，同样的种子，同样的肥料，父亲不管是种稻子还是种麦子，总能比别人多收三五斗，因为父亲爱庄稼，爱粮食，爱得执着，爱得深沉。

没进城之前，父亲每年都会种一块麦子，宝贝一样呵着护着。那一年，村里有人来收麦子，出价高，父亲却一口回绝："不卖！没嚼过草根、没啃过树皮，哪懂粮食！"收麦子的人，来收的不是打下晾干的麦粒，而是收刚抽齐穗才开始灌浆的青麦苗，拿回去烘干、上色，做成工艺品，高价卖给生意人。"麦"与"卖"同音，粗壮高大的麦子，寓意"大卖"，摆在橱窗里，或开业时墩在花篮里，摆在门口，意欲产品大卖，期冀生意红火、日进斗金。

收青麦的人给父亲算了一笔账："一亩地，就算打1200斤麦子，1块2一斤，也只能卖1440块，要雇收割机，要晾晒，拖去卖……我出1500块，买你这块地的麦子，我自己割，省下的钱不都装进你的口袋？"父亲拧着眉，冷冷地回绝："不卖，给再多钱也不卖，我种的是粮，不是什么工艺品！"

父亲背起手，顺着田埂徐步前行，温柔地打量着青色的麦浪，像打量着自己的孩子，眼里泛着绿油油的疼惜……

种在城里文创街区的稻子，在城里人眼中，是一抹醉人的风景，可在父亲眼里，稻子和麦子，不管种在哪里，都只是比金子更珍贵的粮食……

邱 岚
福建福州

妇女节的"党代表"

今年3月8日，是在图书馆里度过的，妇女节里没有鲜花和礼物，也没有人请客吃饭，我甚至没有兴致去问候朋友们节日快乐。

上午刚到省图书馆时，我在洗手间里又碰见那个老奶奶。她正用一次性的软饮料瓶接自来水。这位老人家常常出入图书馆，我已经碰见她三次了。

她总是穿着一件红底黑格的老式旧棉袄，侧边的口袋却是用白底的碎花布拼接的，两只手臂上还都套着蓝色的袖套。这一身穿着，仿佛将时光停留在了20世纪80年代的纺织厂里。她的身体已经严重变形，后背都驼成个"罗锅"了，还背着一个儿童旧书包，上面印着一只大大的蓝色米奇。

她的样子看上去至少有80岁了。她的家住在哪里？每次是怎么来的？家里人不担心她的安全吗？她来了都看些什么书？图书馆里有免费的饮用水，她接自来水干什么用？这些都令我产生了一点好奇。

她步履缓慢地路过我的桌子。过了一会儿，我特意转过头去，只见她正拿着一枝艳红的康乃馨，插到了透明的水瓶中，动作缓慢而庄重，脸上浮现的笑容，竟然像孩童一般纯真又满足。

此情此景，倘若画面可以定格，她将构成图书馆里一道最美丽的风景。

这一刻，春日的阳光，透过中庭上方的玻璃天顶倾泻而下，将明亮的光芒，慷慨地挥洒在地面上的绿叶。每一片叶子，仿佛都涂上了一层金色的釉彩。连空气都变得温柔而馨香，仿佛乘着轻快的音符在缓缓流淌。

我的心情犹如灯泡一样被她瞬间点亮了，内心的阴霾也一扫而空，取而代之的是一种宁静的喜悦和淡淡的幸福感。

这个节日，在图书馆里度过，也是别样美好，我心安然。

往年3月8日，父亲总是要召集家中的女性成员，一同外出享受一顿温馨的聚餐。

我曾用开玩笑的口吻对父亲说："老爸，你在这一天请客特别讨喜哟！你看，它是春天里的一个节日，而且大多数的男性并不重视这个节日。而您呢，用一顿饭，赋予了这个节日特殊的意义。我们会吃得特别香，心情就特别愉快，还会特别感激你，特别喜欢你。所以，你说是不是很值得？"

于是，父亲就把妇女节的聚餐办成了大家庭的传统保留节目。

就在前年妇女节，父亲精心挑选了一家餐厅，邀请我们共进午餐，甚至一并邀请了家里的钟点工阿姨。一张桌子围坐了五位女性，他是唯一的男性。餐桌上摆满了可口的菜肴，笑容可掬的老父亲端起了酒杯，以他亲切和蔼的声音致辞：

"来，我们一起先来庆祝一下，每年，我都是'党代表'，祝你们三八妇女节快乐！"

我们纷纷举起酒杯响应。我不失时机地补上一句："感谢伟大的党！感谢我们的'党代表'！感谢亲爱的老爸！"

一番话引发了满堂的欢笑，欢乐的气氛在那时达到了顶点。

遗憾的是，父亲离开我们已经一年多了。

假如父亲还在世，我会邀他一起来这家新开的图书馆里坐一坐。我相信，他也一定会爱上这里。他会像那个老奶奶一样，成为图书馆里的常客。他还会在这里结识很多灵魂有趣的人。

至于我，则是应该向他们老年人学习，学会在平凡的每一天里，心中都照见春日的暖阳。

金 凡
上 海

自 鸣

3月2日下午，浦东图书馆。

在走廊上，听到琅琅诵读声。带着好奇，我推开了一扇门。

碰巧看到几个志愿者在排练朗诵，关于那段上海风华。节目叫《巾帼的黎明》。

秦德君在艰难困苦的迷茫中独自来到上海，来到当时革命的大熔炉，翻开人生新的一页；一身文人"傲气"的丁玲，毅然终止在湖南的学业，同王剑虹一起冒险，到一个熟人也没有的上海去"寻找真理，开辟人生大道"……

革命年代，这些女性在上海会聚。在黑暗中挣扎摸索，起初她们只是涓涓小溪，后来变成了那苦苦追寻的激流，最后化成了一片安静宽阔的湖泊，注入生命能量的大江大河，各自找到了属于自己的道路。

形象应该是不相似的，声音在室内的回声好像镜子，声波、光影来回，激浊扬清，照亮了我，擦亮了我的心。

昂扬饱满的诵读，一遍又一遍的冲击波，我好像看到以前站在舞台上挥洒自如、积极自信的自己。

我3年前失业了，离开了自己工作12年的岗位。没有方向。

超过了45岁，慢慢失去竞争力，在社会变革的洪流中无所适从、紧张彷徨。是否还能活得年轻？是否还能坚守初心？

我从她们身上联想到自己，一样在迷茫困顿中探寻道路。

关于科技创业的浪潮，我从2000年就开始等待。一个接一个机会，一波接一波潮流。

等待能让人变得坚韧，也会让人逐渐麻木，失去对新生事物的敏感；会滋生希望，也会消耗信心。

凯鲁亚克的《在路上》说：如果有一天，你发现我在平庸面前低了头，请向我开炮。也许会在某个瞬间，我们和生活谈判，会选择妥协，将那份曾令星辰失色的理想，藏匿于一隅。然而，内心的火焰并未真正熄灭，它只是在等待一场烈风，一次猛烈的撞击，唤醒那沉睡的雄狮。

如果痛苦和煎熬是为了在某一天爆发出火焰，那我愿意再痛点，多熬些。

心火不熄，战斗不止。

书页一页页翻动,嘶嘶作响,犹如一次次点燃黑火药的引信,向着旧世界宣战。

谢谢你，上海，我的故乡。在我迷茫的时候，让我听到这炮声，不至滑落山谷，我感觉到烈风即将来临，女神伴我起舞，机遇的亲吻扑面而来。

请听这隆隆的开炮声。

那是对过去的鞭策，是对未来的挑战，更是对自我潜力的深度挖掘。

音乐响起。

图书馆闭馆了。

我走在图书馆的过道，来的时候看着一个个座位填满，走的时候看着一盏盏灯熄灭。

努力的节拍，奋进的节奏，知识的韵律，高度的自律，组成了人生低谷的交响乐。这座城市有太多热情洋溢的演奏者，他们的合奏点燃了夜空。

歌唱家说，人歌唱的时候，是鼻腔、口腔和胸腔的三腔共鸣。

我的脑海好似一小块舞台，灵魂登台奋力歌唱。我在自鸣，毛发在舞蹈，皮肤在颤抖，肉体和精神同频共振。

我是一段微弱的音符，在时代这个宏大腔体，仰望星空，发射积极向上的信号——

江东子弟多才俊，卷土重来未可知。

抬头望向远方，那里有你的理想国度，有你未曾踏足的疆界，有你内心深藏不露的英雄梦想。

像等待戈多的荒诞，但又必须做好能做的事，抚平心中焦虑急躁的野兽。

也像沈从文的《边城》，翠翠做着春天的梦，等着返乡的情郎。

文 雨
重 庆

间奏曲

　　我戴上耳机，听着新歌，准备去小区新开张的超市逛逛。拉开家门，我愣住了，昨晚随手扔到对面安全门里的垃圾袋长脚似的回到了我家门口。

　　我离异多年，女儿女婿在外地工作，春节或国庆节回家团聚，平时就是猫咪和我相伴。昨天收到女儿寄的猫粮的快递短信，就趁晚上散步时到楼下丢垃圾，顺便取回快递。到家后，不想再下楼，也不想把快递包装留在家里，就像以前一样顺手把垃圾丢到对面的安全门里。不料，保洁阿姨按快递单上的地址，物归原主了。

　　没错，我应该履行自己的承诺。当初街道社区工作人员上门征求意见时，我曾信誓旦旦地表示支持环保，同意撤掉楼道里的垃圾桶，每天将垃圾丢到楼下的垃圾分类桶里，正好可以坚持每天晚上散步健身，一举两得，何乐而不为呢。

　　我拾起地上的包装袋，下楼乖乖地丢进垃圾分类桶里。我不得不佩服保洁阿姨的处事能力，同时也高兴于自己的反思能力。

前几天，区文化馆的老年合唱团刚学习了一首优美的新歌——《城南送别》。这是首参赛曲目，指挥老师特地发了五线谱的歌单，并教了基本的识谱技巧，让中老年团员们回家对照简谱认真学习，慢慢练习。我庆幸，以前陪女儿学钢琴时学过一些五线谱基础，现在复习一下还挺有成就感的，又有学习提升的机会了。

走进超市，就看到蔬菜部排着长队，两名员工阿姨正指手画脚地争论着什么。只见小区的一名邻居阿姨站在两人中间。原来，一个嫌弃称秤的动作慢，另一个责怪上菜的不管事，两位穿着围裙的新员工居然动手拉扯起来。邻居阿姨高高的身材，灰白的头发扎着整齐的马尾，她将两人拉开后，没事一样埋头挑选西红柿。两位员工一边做事一边继续争论，各不相让。一旦想动手，邻居阿姨就跨上一步挡在中间，大声呵斥："不能动手！"不一会儿，超市的部门经理领来一位老员工，把两位新人带去了办公室。人们井然有序地排队称秤，老员工手脑快捷利落，排队的人群转眼间就称完食品各自散开，仿佛一段欢快的间奏曲。

我一边聆听耳机里优美的和声，一边悠闲地推着购物车，欣赏着干净整洁的购物环境，挑选着斑斓鲜美的蔬菜水果，鲜鸡蛋、鲜猪肉……

回家途中，我看到楼下垃圾分类桶已收拾得干干净净，一尘不染，楼道间、电梯里，都有种赏心悦目的感觉。开门时，已听到猫咪迎接我的可爱招呼声。

进屋后，我扯扯蹲在储物柜上迎接我的猫咪的胡须，再摸摸它的头和鼻子，取下耳机，把手机插上充电器，将食物放进冰箱，并收拾好购物袋。然后，我来到书柜前，翻出女儿小时候用过的钢琴琴谱。女儿用过的书籍都完好无损，得知我要重新学习五线谱，她特别支持鼓励，但叮嘱我不要在书上做笔记，她说要留给自己的孩子继续使用。书柜里，有父母的老照片，有我和前夫在广州中山纪念堂的留影，还有女儿女婿的结婚照。过几年，将会有小外孙的照片了。我真希望将来能和孩子一起学习，一起进步。我们合唱团的老团员里，就有一位跟着刚上小学的孙子一起学习钢琴和五线谱的老奶奶，看起来一点不老，充满朝气和幸福感。

我找出笔和笔记本，认真记录五线谱的基本符号，从头学起，加深印象，为这周的合唱课做好准备。团长说过，这周有新团员加入，希望大家一起团结进步。

小猫咪也好奇地跑上跑下，闻闻书籍，摸摸笔记本，踢踢笔盖，忙得不亦乐乎。她还不时地喵喵叫着，唱着她自己的快乐间奏曲。

人生就是一首完整的交响曲，婚恋、亲情、社会关系……都需要不断更新，不断成长，鸣奏出不同的篇章及丰富的和声，通过这许许多多间奏曲的连接，最终集结成回味无穷的生命之音。

陶龙琴

安徽芜湖

旧 物

搬了许多次家，东西不是越搬越少，而是越搬越多。

看着越积越多、乱七八糟的东西，我只想逃之夭夭，我想扔扔扔。隔三岔五，我就整出一堆无用的东西，放在一边，不知如何是好，心里纳闷，"哪里冒出这么多无用之物？"

"要不，把它们扔掉？"我试探着问女儿。

"没事乱扔东西干吗！找点别的事干干不好吗？"我语塞，赶紧闪到一旁。

我这边愁着东西无处放，女儿还在买买买。有的东西标签都没有撕掉，就沦为旧物，傲慢地占据着橱柜的空间。我像抓住把柄，"你瞧，只顾买买买，标签都没撕。"

女儿笑我落伍，连珠炮向我轰来，"这条短裙是收藏的，那条裙子是限量版，等着升值。"我被她搞得哭笑不得。难道裙子不是用来穿的吗？看来我真的被时代淘汰出局了。

杂物不除不要紧，我的大脑倒是急需整理、腾出空间，注入新思想、新潮流。

以前路过琳琅满目的店，看见奇装异服，我心里会嘀咕，"这种衣服也有人买。"现在我脑瓜机灵，敞开大门欢迎奇装异服入驻我家衣柜。

女儿在外读书，只要向我报告回家，一般都会先派来"使者"，人还没有到家，快递小哥已经催上门。我不但不嫌烦，反而飞奔着去迎接装着五花八门新玩意儿的小盒子。

女儿桌面堆满瓶瓶罐罐，高个的、矮胖的，进口的、英文的，我分不清到底是干啥的，我竟然一改往日担忧，还多出闲心打趣她："快把桌子拍下来，放到网上，会成为焦点。"

女儿大言不惭："已经放到网上了，有人比我还乱。"现在的孩子难道都这样吗？难怪各种网店生意红红火火。

各种各样的新产品广告，吹得天花乱坠，直播带货更是推波助澜，孩子很快被引诱，无止境地"买买买"，家里是"堵堵堵"，我竟能谈笑风生，视而不见。

生活中的旧物只要愿意，很容易清理；脑中的"旧物"、陈规陋俗，高跷着腿盘踞着，不可一世，新思想、新思路、新潮流常常是它们的手下败将。脑海中上映着另一个版本的"堵堵堵"，人往往踯躅不前，成了新时代的弃儿。

不愿做落伍之人，于是脚一跺，心一横，痛下决心，一切为新事物开道。往日的后悔，往日的留恋，心中积存的埋怨都一键删除。岂不快哉！

可删除键每每失灵。自己自愿"手下留情"，不忍删除。

删除脑海中的杂物、旧物，空出的大脑真的能融入新思想、新潮流吗？我对此惴惴不安。要是往事、旧杂念完全消失，新思想、新潮流却无法入驻，脑袋里空空如也，如何是好。

　　还是对那些"往事旧情"网开一面，不然旧念失去，空空的脑壳竖在脖子上岂不成了余物！

　　年岁渐大，好不容易学会什么新花招，认识某个新人，一夜醒来，却已是旧貌换新颜。这个世界变化有点快，紧追慢赶，还是落在时代的后面。

　　索性按兵不动，守着"旧脑"，也是一种选择。不必追着年轻人奔跑，按自己的节奏生活，管它世界风云巨变，我自云淡风轻。

陆 杨

上 海

那一束光

那天，外面风大雨大，家里突然断电了。午夜时分，我躺在床上，迷糊中听到厨房有窸窸窣窣的脚步声："趁黑灯瞎火入室盗窃？不可能！现在社区治安很好。"

当我起身走出卧室一看，黑乎乎的厨房里，有一束明亮的光在摇曳。夜幕中，那束光看起来洁白又坚毅，充满了耀眼的活力，它照亮了黑暗的角落。

果然不出所料，只见我家93岁的老父亲，佝偻着背脊，手握着电筒，正颤巍巍地挪动着脚步，神情专注地在四处查看呢。

夜深人静，父亲这个奇葩举动并不令我惊讶和意外。因为平常每晚睡觉前，父亲总习惯叮嘱一句："查看下煤气灶、热水器啊！"

父亲一生谨小慎微，平时特别注意家中火烛之类的安全防范。有时我告诉他煤气阀门检查过了，让他别操心。但是，老父亲还是不放心，有时他半夜醒来，便会蹑手蹑脚再去厨房查看一番。

无论过去还是现在，在日常工作和生活中，父亲确实是个责任心强、高度自觉自律的人。用我老妈的话来说："你爸一辈子循规蹈矩，善良老实过了头。"

听母亲说，父亲年轻时曾在粮库工作，其他人晚上值班都蒙头呼呼大睡。轮到父亲值班时，他便一本正经，老实巴交一整夜不合眼，过一会儿，就会手持电筒在粮库四周认真巡查一遍。

父亲待人善良、厚道也是出了名的。有一次，单位给每个职工发了一小筐苹果。有个同事请假没来上班，父亲不但送货上门，当看到同事那筐有几个烂苹果时，便默不作声，将自己筐里的好苹果替换给同事。事后，母亲不解地问："干吗这样？"父亲却憨厚一笑说："烂苹果送上门不好看呢！"

父亲一生洁身自好，人品正直。三年困难时期，家里大人、孩子个个饿得面黄肌瘦。虽然父亲每天置身于堆积如山的粮食和粮票中，却没有动过一丝一毫的歪念头。每天下班两袖清风回到家，口袋里绝不会私藏一粒米、半两粮票。母亲说，当时1斤粮票可以换11只鸡蛋呢。

记得每当说起这些往事时，母亲那嗔怪的语气中，同样掩饰不住对父亲人品的赞叹和自豪。

往事如烟，转眼半个世纪过去了。如今，父亲已是步履蹒跚、老态龙钟的九旬老人。虽然岁月改变了他的身躯和容貌，却依然没有改变他老人家真善美的优秀品质。

"做人要识相，不要讨人嫌"是父亲常说的口头禅。平时居家时，父亲做事非常自觉自律。有时我搬动桌椅动静稍微大些，父亲马上会提醒我："轻点，不要影响楼下！"

有一天，我看楼下没有住户晒衣物，便把手洗的两件汗衫挂在了阳台外的竹竿上。

"你怎么可以把滴水的湿衣服挂出去呢？"突然，我背后传来父亲的责备声。我连忙转身解释道："我看过了，现在楼下没人家晒衣服呢。"

父亲摇着头，让我赶紧把湿衣服收回挂到淋浴房。他说，你把湿衣服挂出去，或许人家本来想晒衣物，看到楼上滴水就吓得不敢晒了。事后，我觉得父亲说得有道理，处世为人要更多顾及他人利益。

父亲一生为人正直善良，做事自觉自律更给我留下深刻印象。他的一言一行，就像那晚的"一束光"，明亮、纯洁而又那么坚定和执着，也激励我努力做父亲那样坚守"真善美"的人。

蒋阳波

湖南衡阳

我欣赏一切如水般的美德

久困樊笼，就想回归大自然，就想背山而居，倚水而立，就想看一江春水向东流，哲思遥遥淘天愁。

中国人的山水里从来就不仅是山水，中国人的字画里也从来就不仅是字画。抚案弹琴，弹的不是琴，而是寂寞。临江垂钓，钓的不是觅食的鱼，而是觅才的君。面向而辩，讲的是谜语，谈的是国事。

眼前的江水，滋养的不仅是依山傍水的土地和居民，还有这里的文化。眺望的远山，所熏陶的，不仅是山间的树木和野兽，也有靠山吃山的山民和眺望过来的眼睛与心灵。"智者乐水，仁者乐山"，游山玩水，就不仅是满足眼中的享受，还是心灵的自我保养。

久居湘江岸，思缘湘江发。湘江的水流倒映入心，让我对水的美德，感悟颇深。

水是谦卑的。它虽源于天上，来自高山，却永远以最低的姿势匍匐前行。世界上，哪里地势最低，它就奔哪里而去，其间就算被烈日蒸发，也不改向低势流去的初心。

水是慷慨的。人们倘若能够与它和谐相处，它便流向那里，滋养那里。用它浇灌庄稼，用它洗衣做饭，用它运木载舟，用它渡人过河，用它水力发电，用它供鱼供虾……它慷慨地奉献它的一切，无论是一条条的小水沟，还是一道道的水渠、一个个的湖泊、一条条的河流，它总以它的有限，力所能及地奉献给大家。

水是公平的。家具装修贴瓷砖，弄地面的时候，总会用到水平仪或是打出水平线。水是绝对公平的，无论你将它倒入怎样的容器里，放入怎样的环境里，它总是能够快速地在这样的容器里、环境里拉出一道道平面，绝对没有亲疏远近、厚此薄彼。它是真正的一视同仁、铁面无私呀！

水是勤奋的。它不喜欢好好地待着，总是在琢磨，在钻研。只要地面上有一丝缝隙，它就钻入地底，寻找可以滋养的生命。遇到了土，它就浸润其中；遇到了岩石，它就冲刷。它在屋檐上蹦跳，在叶面上滑行，在湖面上低吟……

水是宽容的。它原本纯洁，清亮通透，人们用它来洗涤污垢，洁净身体，也不恼不羞。即便有人吟唱"沧浪之水清兮，可以濯我缨；沧浪之水浊兮，可以濯我足"，它也慈爱地听着，默默地承受，默默地沉淀。用博大的胸怀，宽容这一切，将污浊净化，将清洁奉献。

水是勇猛的。我们并不能因为水是宽容的，就以为它是软弱的、可欺的。它其实是有底线的。当人们不去触碰它的底线时，它是和蔼而又宽容的。但如果大家始终认为它善良可欺，那就大错特错了。它的滔天大怒，也不是没有见过。声势浩大，浩

荡无垠，摧枯拉朽，横扫一切。它总是敢于向最可恶的敌人和
最无底线的恶行发起猛烈的攻击的。它无所畏惧，勇往直前。

水德泱泱，永无止境。学而不倦，时温时新。

王云翔
上　海

妻子的一箱"炸弹"

妻子退休了，原先放在公司里的一些东西搬回了家，其中有一箱"炸弹"。

这"炸弹"炸不死人，扔过来了，就是叫你破点财。

呵呵，原来这是结婚的喜帖啊，俗称"红色炸弹"，一箱，要破不少财呢。

妻子退休前是一家公司的党总支书记，经理主外，她主内，除了管理公司内部的事务，还要管管员工脑子里的东西。

近几年来，公司经营得好，招兵买马，新老交替，员工里的小青年越来越多了。

男大当婚，女大当嫁，小青年多的地方，结婚很是热闹，络绎不绝。

收到了喜帖，就要送礼。有一次，我憋不住了，说："几百人的公司，那么多小青年，你已经送了多少礼了？你算算，还要送多少礼啊？"妻子笑答："有人结婚请你，是看得起你，情谊无价，所以这账没法算。"

除了送礼，还要搭上时间，有些在郊区的，要折腾一天。喜帖像军令，双休日和黄金周的家庭活动，都要为此让路。

每次参加婚礼，妻子都要打扮得漂漂亮亮的，渐渐的，越来越多地被邀为证婚人，而她总是来者不拒，乐此不疲。在证婚词中，妻子总会把新婚的员工好好地夸上一通，让大喜的新人心里暖暖的，也让新人的父母感到欣慰，感到骄傲。

付出很多，有没有收获啊？有！

参加婚礼，认识了新人的配偶、父母，更拉近了与员工一家的距离。在员工的心目中，这个领导没有高高在上，没有一本正经，而是良师益友，平易近人。什么凝聚力、号召力、人格魅力，都在不经意间得到了提升，做起工作来也是左右逢源，如鱼得水，更给力了。

16岁上班，56岁退休，40年来，妻子就为这一家企业效力，典型的"从一而终"。刚工作时，妻子开卡车，在"司机"的岗位上获得了省级的"三八红旗手"称号。后来在"书记"的岗位上又一次获得了省级的"三八红旗手"称号。"司机""书记"，普通话里读音不同，上海话里却是谐音。当过"司机"的"书记"更懂得"司机"们的喜怒和甘苦，更愿意和"司机"们打成一片，所以，这样的"书记"也更容易被"司机"们接受和喜欢。

如今，退休的妻子还在公司里发挥余热，很多人依然愿意和她聊聊。妻子说，以前有些小青年和她说话时有点拘束，现在则更随意、更亲热了。

一箱"炸弹"，是一种品质；一箱"炸弹"，是一种智慧；一箱"炸弹"，是一种情谊。如今，这一箱"炸弹"，又是一种美好的回忆……

周衍会
山东青岛

陪父亲洗野澡

近几日持续高温，周日，我去老人那儿吃饭，身上的衣服很快被汗水濡湿。于是，我和父亲脱去上衣。我一抬头，映入眼帘的是父亲花白的头发、脸上的老人斑，以及身上松弛的皮肤……我的心一颤，不由得想起当年洗野澡时父亲健美的身材。

以前，农村家中没有洗澡条件，要洗澡得到池塘、小河里，我们称之为洗野澡。彼时孩子多，池塘也多，村里村外，隔不多远就有一处。儿时的夏天，我们几乎天天泡在水里。但与父亲一块儿洗野澡，还是在我长大后。

我师范毕业时还不满20周岁，被分配在老家的一所中学教书。当时家里责任田多，我经常帮着干农活，每次干完活回到家，父亲会稍事歇息一会儿，然后找出毛巾、香皂，说："走，咱到平塘去洗洗吧。"

那时，雨水没有小时候多，池塘大都干涸了。唯有村北的小河，有人工开挖的平塘，沙底，渗出的水清澈见底，是洗澡的好去处。经过一天的日晒，浅水处温乎乎的，下水后先撩起水湿透全身，再慢慢进入深水区，立时一股清凉的感觉袭遍全身。一开始人还有些不适应，往往会打个冷战，但很快身体就适应了，浸在水中，暖暖的，还有种漂浮感，惬意极了。

我学着父亲的样子，扎几个猛子，出水后深深吐出几口气，一天的乏累仿佛一下子被水洗去了。父亲喜欢让我给他搓背，他蹲在水中，露出背部，我先捧水冲一下，搓几遍，再打上香皂，洗干净即可。父亲也会给我搓背，父亲的手有力，搓起来让我感觉稍微有些疼，但很舒服，搓到脖颈处，父亲还会在相关穴位上按摩一番，很专业，也很有耐心。

傍晚时分，周围静下来，风吹在脸上，微凉。远处，是一片朦胧的树影，一直延伸向远方。空气中有水的腥气，有草木的清香。当年父亲四十二三岁，身材挺拔、健美，皮肤紧致，是健康的小麦色，在水中洗浴的身影，很美。我的身材跟父亲差不多，但稍显稚嫩，有时父亲会瞅我一眼，笑说："你怎么这么瘦，要加强锻炼啊，你看我。"他曲起小臂，胳膊上是鼓鼓的肌肉，显得孔武有力。

我笑笑，没说话，忙转过身。我毕竟已是成人，赤身面对父亲，还是有些别扭的。洗完，父亲先上岸，拿起放在石头上的毛巾仔细擦拭。我后上岸，抓起毛巾，胡乱擦一把，就穿上衣服。然后，父子两人，骑车往回走，一前一后，在渐浓的夜色中，静静骑行，父亲有时会哼一支歌——"走在乡间的小路上，暮归的老牛是我同伴……"有远远近近的蝉声在头顶上伴奏，路边草丛中响起幽微的虫吟，像一幅古朴的乡村晚归图。

可惜，这样的画面并不是很多。后来，随着我工作调动，成家，加上洗浴条件的改善，我就再也没有跟父亲一起洗过野澡了。

此时，要不是父亲的沧桑老态触动了我，我甚至都忘了父亲年轻时的模样，忘了当年陪父亲洗野澡时的场景，忘了与父亲有过的身体接触……

我真想时光能够倒流，我年少，父亲还是壮年，在夏天陪着父亲在老家的小河，再洗一场久违的野澡，该有多幸福啊！

陈晓卓
广西百色

鞋

与许许多多家庭妇女一样，我的母亲也是一个勤劳持家的中年妇女，每天早上她都会把家的里里外外整理清洁一遍。昨天早晨，母亲和往常一样早起做卫生，当她打扫到玄关时，嘟囔了一句："你怎么买那么多鞋？"早晨父亲都会去晨跑，祖父都会去遛弯，家里只有母亲和我两个人，关于鞋子太多的质疑，显然母亲是对我说的。

我家的鞋架分三个格子，第一个最小的格子放的是祖父的鞋子，当中除了他居家用的拖鞋，只有一双黄底绿色的解放胶鞋。第二个稍大的格子放的是父母二人的鞋子，父亲的鞋子穿出去的除了皮鞋，多了一双他晨跑用的跑步鞋。第三个最大的格子放的是我的鞋子，这些鞋子就是让母亲目不暇接的"罪魁祸首"，当中有皮鞋、跑步鞋、户外登山鞋、篮球鞋、休闲板鞋……

看着摆放得整整齐齐的鞋架，我感觉像看着一个"军事博物馆"，一双双鞋子就像上战场打仗的武器装备。祖父的解放胶鞋，是冷兵器时代的红缨枪；父亲的跑步鞋，是热兵器时代的步枪；而我的各种运动鞋，就像信息化战争时代的各种高精尖武器。我们祖孙三代的战场就是我们生活的运动场，而这个鞋架就是每个人战斗的见证者。

出身十万大山里的我从小体弱多病，但是却生性好动。小时候我的第一双跑步鞋是母亲送给我的6岁生日礼物。从那时候起，我就喜欢上了跑步。在丰富的山区童年生活经历和自我培养运动爱好的双重"BUFF"的加持下，后来考入西北一所大学的我依旧在身高普遍比我高半个头的同学中展现出了不错的运动天赋。通过运动交际，在大学学长的引导下我加入了学院的篮球协会。我省吃俭用了一个月，买了人生中第一双真正意义上的篮球鞋。再后来进入社会，我又买了户外登山鞋、骑行鞋等许许多多各种各类的专用运动鞋。家里的鞋架属于我的那一个格子，也是这样一步步地被填满的。

印象中父亲在35岁前不喜运动，每天他不管是工作还是生活都是烟不离手。由于父亲抽烟太多，以至于后来他患上了支气管炎，常常半夜咳嗽把自己咳醒。在母亲的建议和劝阻下，父亲戒了烟，开始了他截至目前已经坚持了20年的晨跑运动。我记得当时父亲的第一双运动鞋是"回力"牌的平板运动鞋，那双鞋是母亲在赶圩日集市上花了10块钱买的。这么多年以来，父亲除了头发逐渐斑白，身体很是硬朗。只是父亲的跑步鞋，因为穿坏而换了一双又一双，但也总有一双摆在鞋架上。

祖父已经80岁高龄了，去年他因髋关节坏死需要住院手术。手术前，陪床照顾祖父时，我跟祖父开玩笑说："你是不是年轻的时候运动多了，骨头用多了，现在老了不顶用了。"祖父说："我们这代人是没有'运动'概念的。"那时候的农民都是每天日出而作，插秧、锄草、犁地、收割；日落而息，回到家中操持家中家务。从身体的生物需求而言，是不需要额外的运动量的。

一代人有一代人的生活，一代人也有一代人的运动方式。祖父的运动，就是为了一家人的生计而辛勤劳动。父亲的运动，是在有进步条件下的生活中每天坚持晨跑。相比于前两辈人，我无疑是幸福的，在他们的奠基下，又生活在这美好的时代中，我的运动选择是多种多样的，可以跑步、登山、徒步、打篮球、踢足球等。抬头看着照射在鞋架上的阳光，一个疑问一闪而过：我的后辈会不会运动在星辰大海中？

陈离咎
广东汕尾

招潮蟹与城市化

我已经有好几年没见过招潮蟹了。

从前，家门口走出去几百米外的地方，就是盐田，盐田再走出去，就是内湖，内湖连着太平洋。盐田的埂上、水沟里、内湖湖滩上，经常能看到数之不尽的招潮蟹和弹涂鱼。我们每次去钓鱼，旁边都有一大群招潮蟹相伴。后来，盐田大片大片地被推掉，在上面建起了大片大片的商品房，湖畔也进行了改造。改造后的湖畔更漂亮了，但不知道为什么，招潮蟹和弹涂鱼却变得越来越少。现在，要想钓到大一点的鱼，要想再看到招潮蟹，必须驱车去远一点的地方。

招潮蟹虽然不是我的盘中菜，但见惯了的事物突然不见了，不免有些怀念。后来慢慢发现，我身边曾经熟悉的事物中，锐减或消失的不只是招潮蟹。我成长的这片土地上还有更多的事物在城市化的过程中锐减或突然消失了。很多事物的锐减和消失，似乎是城市化的必然结果。

当然，不是所有的消逝，都值得叹息。

　　小时候，我在村子里的某个角落，看到过打铁和弹棉花，还不止一次在现场看得入迷。那时候，我以为每座城市每个乡镇都有打铁铺和棉被厂。我们那时候还有化工厂、卷烟厂和盐场。化工厂的烟囱有10层楼房那么高，一向是我们村的标志性建筑。

　　后来才知道很多行业的存在，只是因为旧时交通不便，物资缺乏，而生活和生产又离不开这些行业，不得已而行之。那个年代，几乎每座城市都有自己的"微系统"——凡生活和生产必需品，都尽可能自行生产制造。一个小小的乡镇，塞满那么多散杂的产业，是迫不得已的事。只有某些特殊的物资，例如某些水果，例如某些中药材，因为对产地有要求，不得不远道运输，不得不高价引进。岭南人已经很有智慧地利用本地原生的草药疗养治病，但并不是所有的病痛都能用草药解决。

　　我生活的这座小城市，生活中该有的物资，过去都能自己生产或尝试过自行生产。但那些行业后来都慢慢消失了，打铁铺不见了，空余打铁街街名；棉被厂不见了，供销社旧址仍在；卷烟厂不见了，电影《马戏情未了》还可以重温。没想到的是，连作为一座海滨城市最擅长、最有传承的制盐业也渐渐消失了。

　　这些事物的消失，在很大程度上是必然的。集中生产和发挥本地优势，才能降低成本，增加利润，才有竞争力。不可能每一座城市都擅长所有行业。何况如今交通便利了，人们早已习惯买外来的用品，不必任何东西都追求本地制造。

　　当然，城市化、产业优化，造成某些事物的消失，也许会带来各种不习惯、不方便。我听过村里的老人们抱怨外来的铁器没有过去本地产的耐用；抱怨超市买来的盐包太贵；抱怨外来的化肥越来越贵，耕种的成本越来越高；抱怨草药越来越难找，懂偏方的人越来越少，后人越来越难用草药解除病痛……

年轻的一代倒是没那么讲究。他们没用过本地打铁铺出产的铁器，他们有些人甚至连盐田都没见过，但他们每天都照样生活得不亦乐乎。他们总是能快速地接受新事物，接受外来的东西。他们比老一辈的人更向往城市化，更渴望高速度的城市化，因为城市化能带来过去享受不到的东西。动车带来出行方便，商品房带来居住舒适，外来投资带来更多就业机会，经济发展带来各种大型连锁店，以及各种新奇的生活娱乐文化。

每个人对城市化都有不同感受，但不管你接不接受，城市化只会向前不会向后。像我这种半旧不新的人，看到过本地旧事物、旧风景的美好，也享受了城市化的好处，对新事物的接受度比不上年轻人，但又比老一辈好一些。不敢过分怀念那些显得落后的特色，怕被人揶揄取笑，只好偷偷写篇文章。

高明昌

上 海

阳光房

　　每次回家，第一眼看见的总是底楼的阳光房。

　　这是小妹家的阳光房。阳光房不大，6平方米左右，里面放着两只矮凳、一张竹椅，还有圆盘式的小茶几，妥妥的喝茶聊天的地方。阳光的碎影，跳跃在家什的上面，变成了暖意的流动。90岁的母亲低坐着，左手捏着绒线团，右手握着绒线，朝着顺时针方向，不断地旋转着，就像转着正在打气的皮球一样，线团越来越大、越来越圆了。我走进去，唤一声妈后，顺嘴带上一句：这里真暖啊！母亲说比空调还要适宜。我知道，这是阳光房的好处，阳光一聚焦，温度就升高，人就周遭暖意。有一次回家碰着阴天，不见了阳光，但走进阳光房，仍旧感觉比其他地方的温度高出几度。问，为什么呢？母亲说，这日头，本来是天天出来的，就是我们肉眼看不见，其实还是照在阳光房上的，不相信，你摸摸面孔。

　　我先一愣，后一看，再一想，确实啊，只要是白天，太阳确实是一直出来的，只是晴天了光束强烈，世界全是亮堂，大家都看见了，满心欢喜；阴天了，天空阴沉，光影就隐去了，满眼冰冷，大家就一脸嫌弃。但仔细想，阳光看得见，阳光看不见，与太阳是没有关系的。太阳公正无私，准时准点，不辞辛苦，天天出来，夜夜回去，毫无怨念，一直悬在我们的头顶，一直照在我们身上。只是我们用最原始、最直接的视觉感官，做了最愚笨的判断，认定太阳没有出来，从而使得自己眼里没有阳光，心里没有温暖，想想自己怕自己了。说到底，我们的肉眼，太直接，太固执，太片面了，阳光照不到自己身上，就认为日头藏起来了，或者落山去了。但母亲说了一句话提醒了我，落山是去照别人家了，很忙的，很辛苦的。

啊，照别人家了，别人家是谁？我想到了地球的另一半。

还未到春上，有一次回家，娘俩去了菜园。菜园是分畦的，每一畦一米宽，五米长。有一畦的泥土之上，都罩上了薄薄的尼龙布。蹲身看一眼，发现尼龙布的反面有些许小小的水珠子，有几处飘着淡淡的雾气，在不断地移东移西，像一朵飘浮的白云，像一条生命的纽带。母亲说，新播种的土豆容易受冻，受冻了，就出不了新芽，所以罩几天，等新种子发芽、出苗再掀掉尼龙布。母亲说完了，但我心里还没有想完，我感觉这尼龙布对土豆来说，就是一座低矮的阳光房，生命阳光房。我那时是感动的，倒不是因为家人劳作后有蔬菜吃，而是感觉到了母亲的用心与爱心，几乎所有蔬菜都是种菜人无限爱心播撒的必然结果。难怪有朋友说，我要吃完那一碗蔬菜的，因为从选种，到播种，到成为一棵蔬菜，不单单是有了阳光，还有让阳光的光能积聚起来的那块锃亮的白色的尼龙布，还有将这块尼龙布盖上蔬菜的人儿。

到此为止，我深深认识到：平淡生活中，每一个人，其实就是一座阳光房，关键是你是否愿意成为阳光房。我小时候，寒冷的天气都是有具体物象表现出来的。比如河里的冰，有一尺厚，冷光直逼你的双眼，你会感觉冷飕飕的；早晨出门口，屋檐下倒挂着尖尖的冰凌，手一摸会粘住；脚指头因为冷，可以冻到无知无觉，双脚拼命不停顿地上下跺脚。每一次的冷都能挺过去，为什么？还不是有人想办法解决了问题。入冬了，母亲及时给你缝制好棉衣棉裤，穿上了，人像一只柏油桶，但浑身被包裹着，不冷是肯定的；阳光出来了，被褥、枕头、鞋子、袜子，母亲拿出去晒上一两小时，让里面充满阳光的味道；单鞋冷，父亲做一双芦花蒲鞋，母亲做一双棉鞋，交换着穿，脚就一直暖着。有一次读书回来，母亲看见了我，把自己的双手对搓了一两分钟，然后紧握着我的手，还问我现在暖了吗。这一切都让我在冰冷的时候，身上像铺满了阳光一样，身体与心情一起热腾，从而快乐做作业，快乐过日子。

小时候，母亲是我们的阳光房；现在，我们要成为母亲的阳光房，并且，还要成为人家的阳光房。

第三辑

新生代

作者之新

面对新挑战，
年轻人选择用自己的方式开启新探索。

热孜完古力·玉苏甫
新疆喀什

国通语搭建民族团结的桥梁

我出生在阿拉格尔乡，从小学五年级才开始学习国通语，以前普通话说得不太好，从来都不敢在大众场合开口说，生怕别人取笑。但是，有一件事改变了我。

那是2023年暑假，离家四年的叔叔从内地回来了。

叔叔从小自学了一些简单的国通语，成年后去了乌鲁木齐，给人打馕。四年前，他认识了一个从河南来新疆旅游的汉族姑娘，叔叔自告奋勇地给姑娘当导游、做翻译。叔叔心地善良，能说会道，赢得了姑娘的芳心。两人情投意合，很快谈婚论嫁。他们合计，在河南打馕应该很有前途，就一起去了河南，这一走，就是四年。

去年暑假，他们回来了，叔叔带来了非常漂亮的阿姨，我的婶婶。

他们给奶奶带了很多礼品。叔叔一进屋，才跟我们打了招呼，就被村里的发小连拖带拉拽走了。漂亮的婶婶被奶奶拥在怀里。

奶奶拉着婶婶的手，左看右看，满脸微笑。可是两人没有办法交流，奶奶说话，婶婶听不懂；婶婶说什么，奶奶也不知道。这时我就当仁不让地给她们当起了翻译。

他们在家里住的两周时间里，婶婶天天陪着奶奶，我这个翻译自然也形影不离。我叔叔内地的朋友经常打来视频电话，说："啥时候回来呢？这里排队买馕的都快从郑州排到乌鲁木齐了。"听到内地的朋友的思念和催促，叔叔也想念他们了，第二个周末，叔叔婶婶就登上了回内地的火车。

他们回去以后，奶奶闷闷不乐，早上吃的饭也很少，我妈妈还以为奶奶生病了，问她是不是哪里不舒服，奶奶只是摇摇头，不说话。我进屋看到奶奶坐在沙发上抹眼泪，赶紧安慰她："现在交通方便，叔叔婶婶还会来看你的，不要难过了。"

奶奶叹了一口气："我没有难过他们，我是难过我自己。"听到这儿我更蒙了："为什么呢？"奶奶抱着我，抹了一把眼泪："我们小的时候，没有条件学习。你们多好啊，和你婶婶会说一样的话，真羡慕你呀！"这时我抱着奶奶，脱口而出："奶奶，我教您啊！"

这个暑假，我天天教奶奶简单的日常用语，也把老师讲的故事说给奶奶听。嫦娥奔月、牛郎织女、秦始皇统一中国、张骞出使西域、苏武牧羊……这些中华传统文化故事让奶奶听得如痴如醉。她老人家记忆力很好，现学现卖，常常把这些故事讲给她的老姐妹听。

现在与叔叔视频时，奶奶大概能够听懂婶婶的话了，还会说"你好""再见"这样简单的国通语了。我的婶婶就夸她："您是活到老学到老呀，现在说国通语比我们流利。"把奶奶哄得像动画片里开心的小太阳。现在，我也会想起叔叔临走之前对我的嘱咐："要好好学习国通语。我就是因为会说国通语，才遇到你的婶婶，才有机会去内地发展。也正是因为会说国通语，我在内地交了很多朋友，朋友多了，生意也越来越好，生活质量越来越高。"他用自己的亲身经历让我懂得，学好普通话，走遍全天下。

泰戈尔曾说："青年人宛若晨星，闪烁着祖国未来的希望之光。"青春逢盛世，奋斗正当时。奋斗是青春最好的礼赞，学习是青年重要的职责。我要牢记叔叔的嘱咐，珍惜大好的学习机会，提高自己的国通语水平，积累丰富的传统文化知识，在青春的赛道上奋力奔跑，为民族团结贡献自己的力量。

毛其莹
上　海

虹口小毛

　　《繁花》里有一段剧情令我印象深刻，汪明珠从受人追捧的"外滩27号"汪小姐成了被下放工厂的"虹口小汪"，迷茫时，范师傅对她说，每个人都有自己的码头，尤其是我们虹口都是靠码头吃饭的。后来，她不仅和码头工人们打成一片，还开始了自己的创业之路，她说："我是我自己的码头！"看时，很受触动，总觉得我的故事也有一丝"虹口小汪"的影子。

　　小时候，我随父母来上海生活，冥冥之中，也落脚扎根在虹口。记得第一天到上海，父母忙着收拾新家，我也跟着收拾，然而"调皮症"犯了，头不小心卡在了红木椅背后的凹槽里，还好自救成功，不然第一天来上海就要上新闻了。

　　那时于我而言，在上海读书、生活并不轻松。当我还没正而八经学音标时，第一堂课竟然在放英语听力题。我与那四个选项，和大人第一次相亲似的，彼此面面相觑，但关键我连对面的问题是什么都没听懂。授课的英语老师大约五十岁，她用很浓的上海口音夹杂着普通话和英语授课，我更是听得一脑袋糊糊。母亲问我上课感受，我说不出来，还处在上海话、普通话、英语互不交融的翻译系统里挂机中。母亲拍拍我，没关系，努力就好。于是"糊糊小毛"憋着一股子劲，回到家偷着哭，凌晨偷偷学，每天睡眠不足，到学校红着脸坚持向老师虚心请教，老师也尽量放慢语速讲解。终于，我慢慢跟上了学习进度。

业余时间，虽然远离熟悉的故土，时常感到孤独，但我努力伸长触角与五感去融入上海、体验上海，尤其身处虹口这片写满老故事的土地。我从出门两眼一抹黑，到学着认清里、弄、街、坊，开始在多伦路、四川北路等路上轧闹猛，在鲁迅纪念馆、社区图书馆和各个博物馆贪婪地汲取养分；从不习惯吃放"糖"的蔬菜和肉粽子，到习惯饮食里的浓油赤酱，会做上海菜；从听不懂一句上海话，到慢慢开始在普通话里夹带上海话……

渐渐地，我发现，在上海，我仿佛拥有了一百种生活方式与一千种活法，开始相信未来拥有无限可能。我无限靠近上海，而上海也在无限靠近我。

来上海前，从未想过，那个扎着冲天辫、哭哭啼啼的小女孩有一天会获得国家奖学金、上海市优秀大学生等荣誉，会与外国学生合作拍片，并通过选拔赴海外参加跨语言交流项目，甚至还出国读了研究生，在课堂上，用英文自信大方地进行课程展示。回国后，我继续在上海开拓着自己的热爱，还时常和丈夫这个"老虹口人"在甜爱路闲庭散步，在虹口足球场看演唱会，等等，而我也经常拿起纸笔，书写着属于我们青年人的新故事、新征程。

每当有人问我为何回国工作时，我总会想起父母的故事。他们的工作与为国家服务相关，父亲以前因国防科技工作任务，去全国多个城市与边远地区工作，他有很多选择，但最终他选择与母亲来上海发展。人到中年，这样的选择不算轻松。记得我曾问父亲，他说，当然是综合考虑，更重要的是为了你，上海是一个公平而包容的城市，而且，女儿你永远要记住，选择职业不能片面看重钞票的多少，关键要把个人职业的发展同国家、社会的发展进程相结合。当时的我还有一丝不解，但当我成家立业，经历了社会历练之后，逐渐读懂了父母的话，还一直把"海纳百川、追求卓越、开明睿智、大气谦和"这16个字作为我的微信个性签名。

回溯这一路踏过的轨迹，总习惯轻描淡写，实际上持续升级打怪，迎难而上，并不轻松，但是在上海，总能被它的城市精神打动。一代代人或许来自世界各地，但都选择在这里创造着自己的明天，也共同接力参与着上海的建设。虽然生活总有顺逆与潮起潮落，但只要坚持本心，不被平台"码头"、标签等外部环境遮蔽双眼，"虹口小毛"也相信，做自己的码头，步履不停，生活终会迎来繁花满眼！

陈芳盈
上 海

走过那座桥

去年8月的末尾，父亲送我来上学。

顶着磨人的热浪，我和父亲拖着大包小包的行李，走在时而暴露于光下、时而覆盖着树荫的路上。我一只手拖着小行李箱，另一手扶住放在箱子上的袋子，偶尔抬起手臂来抵挡烈日的强光，时不时停下脚步看一看落在身后的父亲。

他身材矮胖，皱起的眉头沾染了岁月的风霜，因奔波而晒得黝黑的脸庞上能看出一点带着希冀的不耐，被刺目的阳光烦扰而微眯的眼睛里像是天然地藏着一种执拗的笨拙。他一只手拖着大行李箱，另一只手还拎着两个硕大的包袱。不知是沉重的行李，还是臃肿的身材，抑或是年岁的增长，迫使他慢下了曾经急切而矫健的步伐。

我停下来等他，直到他走到我面前，直到他超过我。

我希望他能领着我走，一直那么走下去。

但他突然加快了步伐，似乎前方就是目的地。

他的努力是为了与走在前面的一个女孩子攀谈。

他问她，你也是来上学的吗？

我竖起耳朵听到女孩子说，是。

他扶了一下行李，笑着说，好巧，我女儿也是。于是他转头来看我，示意我走上前去。

我不得不被卷入这场交流的旋涡中。

人声嘈杂起来，我才意识到我们走过了一座敦实的古老桥梁。两岸郁郁葱葱的树木和花草稳健地屹立在脚下的土地上，距离较近的那棵香樟树上隐约还能看到悬在树枝间的窠巢，一只棕背伯劳正在给它的雏鸟喂食。

我和女孩走过了桥尾，父亲才提着行李姗姗来到桥头。我回过头去招呼他，快来。目光粗略地扫了一眼桥头石墩上刻着的"嘟南桥"三个字。

直到我和那个女孩子分开，父亲才追上我，问我是否添加了她的联系方式。我像往常一样，沉默，摇头。他眉头一皱。

开学典礼结束以后，我的新手保护期也面临终结——父亲要回家了。

不知不觉间又路过了嘟南桥。

"你在这里照顾好自己。"我只是又一次从一个校园踏入另一个校园，父亲却重申他的诉求——再度要我在陡然间长大，独自去面对那个充满未知和恐惧的世界。

"哦。"再抬头时，父亲肩上的黑色背包在模糊中远去。他离开的背影再次撕裂了我未曾示人的伤口。

近处的香樟树上已不见群鸟。默立在风中，那段来时的路陡然间漫长了起来。隐约之间，我看到桥体轰然倒塌，残骸被吞没于泥潭之中。父亲仰倒在河面上，化为我面前的这座桥，横贯我脚下的土地与未来。

小时候，我安稳地坐在桥头看风景，见识这个世界的广阔与辽远。如今行至桥中，始觉惊惧，我竟依旧没有勇气去探索对岸的未知，宁愿恒久滞留在这座桥上。

我曾看到过那么多条路摆在眼前，澎湃到胸口的热情在犹豫不决中被逐渐消磨，四年的时间恍然而逝，我才惊觉自己还在这个路口徘徊。解放西路的繁华夜色与南京东路的灯火灿烂相映成趣，橘子洲头闪烁的晚风跋涉千里来到了宝山的泮池，太平街口喧嚣的人群簇拥着挤到外滩上，桃子湖边的小桥通至嘉定的嘹南河上，麓山南路的街街巷巷与上大路的筋络融为一体，我还在这里。

这一次，我要独自走过这座桥。

桥上所见的风景并不是我想象中蒙着一层雾气的阴沉，拱起的桥面下躲着另一番天地。绿波荡漾的两畔有垂杨随风掠过水面，偶有游鱼跃出嬉闹。一座檐角高翘的小亭子在枫香的掩映中藏住了一隅安逸，矗立在它们身后的云杉悄悄探出头来，更远处的榉树躲在另一座小桥的身后。不知名的树上盛开了大片大片的粉红花朵，生机在灿若云霞中绽放。

银杏叶落到我鞋尖时，鸟雀忽鸣。仰起头，见鸟群带过一阵风，在浅蓝的幕布上飞掠。

走过这座桥，自由在转角。

李 莹

广西南宁

晚 餐

　　姑姥姥生病了，小姨正巧在外出差，只好托我母亲去医院照料。母亲都换好鞋子了，临出门还不忘回头嘱咐我："晚餐你看看要吃啥，冰箱里有牛奶，茶几上有面包，那个不爱吃你就点外卖啊，或者……"她还要说下去，我却急急把她推出门了。我感到好笑，我这么大个人了，难道还不会照顾好自己吗？可笑意还没上到眼角，母亲的电话又来了，我听见她的声音从楼道和手机上一同传来。这时我方才醒悟：她永远也放心不下她那双目失明的女儿。都说孩子是父母手中的风筝线，长大了，只好放手任其高飞。可我的父母没法松手，当他们看着风筝摇摇晃晃前行，所有的摆动、颠簸与不安都随着风筝的走远在他们心中局促拉扯。

　　母亲忘了，我是下过厨的。其实连我都快忘了，毕竟过去多年，况且那时候我的视力还很好，加之现在的外卖业如此发达，它像块橡皮擦，擦去我对厨房的记忆，留下了远离柴米烟火的空白。很难讲母亲对这样的空白会是怎样的心情。她在家做饭时，生怕我进厨房磕着碰着，但她一旦不在家，就又生怕我吃不上一口饭。她欣慰外卖能让我吃饱饭，又焦心外卖不能让我吃好饭。

在黑暗里摸索惯了，世界不再像一个无所探寻的迷宫，而成了一处略带新奇的游戏天地。失去了眼睛，别的感官就成为我的眼睛。当花费半小时把一个结结实实的胡萝卜解剖成丝丝缕缕的线条时，我松了口气，这是个不错的开端。我可能不是个好厨子，但我想成为一个让母亲放点心的女儿。至少当父母老去后，当他们的双手颤巍巍，当那颤巍巍的双手已经无法端动家中的锅勺时，我可以拿过接力棒，他们不必悲凄地看着他们已是中年的女儿还在嗷嗷待哺，而是可以安稳地坐在藤椅上，乘凉、唠嗑，等待着他们的孩子端上几碗热菜热饭。

把每一种调料放在鼻尖下嗅一嗅，放在舌尖上浅尝辨认。再把酱油、蚝油、花生油等液体调味料逐一盛放到小碗里，再配上一把小铁勺，以便开火调味时不至于手忙脚乱。但事实上我仍然难以从容。以上经验皆从我一位朋友处听来。她不仅双目失明且双耳失聪。但她酷爱下厨。可想而知，在许多操作上她会做得更多、更杂、更细。有时，她需要花掉一个下午的时间去准备一顿晚餐。她的步子像一个慢镜头般在厨房里踱来踱去，可她的内心却像一条小鱼儿般游来荡去，欢喜活跃。因为那份晚餐可以激荡起她那颗浸泡在糜烂生气死海里的心，可以冲刷掉她的家人一日劳作后的疲惫，可以使为她时刻惴惴不安的父母的心得以片刻的平稳与安宁。这么一想，我不禁十分艳羡起她来。

开火，倒油，耳边听得油花嗞嗞啦啦，手拂锅边以觉炙烫逼人，下入食材，沿着锅边缓慢翻滚，想象其将大功告成，想象母亲拉开餐椅，想象她开口话语间的高低起伏，心中得意起来。就在这分神间，刚在碟子里布好的菜肴被胳膊碰落到地上。"哐当"一声，破碎的不止一顿晚餐，更是一种长久的企盼，一个还未来得及成熟的偿还，一次跋涉千里、早已磨平了脑海的宣言。怅然后，只得把一地狼藉收拾妥当，身体已觉慵倦，胃口也消磨殆尽。不知在房间里混沌了多久，隐约听得开门声，声音渐近，母亲已打开我的房门。

"吃过了吗？"

"嗯。"

又和她聊了几句，问过姑姥姥的情况，是高血压，幸好没有什么大碍。

"咦，怎么地上有碎片？"母亲问。

"撞到哪里了？"母亲问。

"有没有受伤？"母亲问。

我不知如何回答，拟好的草稿早乱了，我觉得鼻子有点发酸，手指尖也火辣辣地疼了起来。像是回到了小时候，满脸泥巴的我在她怀里乱蹭乱撒娇，被毛孩子欺负挂彩后也只会躲在她身上擦眼泪。为什么我在她这里永远只是个长不大的毛孩子？

"叮当叮当……"厨房里又起了声响，我知道，那是我的母亲在做一份迟到的晚餐。

高怡喆
内蒙古呼和浩特

食肉知味

 一说肉，人就觉着亲切。肉和人是一种世俗关系，千丝万缕，你中有我，我中有你，人对肉的记忆，永远不会疲倦。

 作为内蒙古西部一座具有代表性的城市，鄂尔多斯有着极为上乘的肉品。黑格尔认为，色彩的最高理想和高峰是肉色，它"不受本身以外事物反光的影响"，"从本身内部得到灵魂和生气"，这大概就是老子所说的"光而不耀"吧。鄂尔多斯的肉即如此，它们好似在用它们的纹理向你讲述一个抽丝剥茧的故事，让你有迹可循，慢慢走近它的甘美，贴皮贴骨，掏心掏肺。打开锅盖是它，掀掀碗底也是它，动动筷子还是它，非高寒，非清冷，与琼楼玉宇均无关，温润且充满弹性。

 人与肉之间并不是一种肤浅的关系，每一次咀嚼都是牙骨的按图索骥，肉饲养我们，正如脚下暖城这块土地。每次踏上这块土地，都会生出一种莫名的亲近，暖城的沙粒绵密而干爽，不时钻入鞋底，爱抚脚掌；雪肉嘟嘟地落下，站在睫毛上，和我们一起，等待远方的爱人……人们在鄂尔多斯度过春夏秋冬，

165

感受肉身的美好、生命的活力。

肉注定与永恒无关，因为人世间的一切美好都是短暂的，生命是短暂的，肉身也是短暂的。伦勃朗的画很少用肉色，他从不在意面部或身体肉色的刻画。他笔下的人物好似铜版浮雕，既放光又闪光，光隔绝了所有，皮肤纹理之间失去了相互渗透、筋血相连的亲近。伦勃朗想用他的画塑造一种永恒，一种精神大于肉体的永恒。前蜀画僧、诗僧贯休也是如此，他的罗汉画状貌古野，绝俗超群，着力表现"药炉生紫气，肌肉似红银"的远离人境之感。五代十国的历史杀气冲天，流血漂橹，秩序全无，短暂拥有的肉身、世间的美好不过是一种奢望，人们忘记了小儿女的婉转情思，忘记了乡间村舍的袅袅炊烟，更忘记了肉身所承载的生命鲜活。

查尔斯·泰勒认为，"认同"不是"自己是谁"的表层描述，而是"自己是什么样的人"的具体叙事，这个叙事是关于道德的深层阐释，是一种让生命有意义的追求，是对"善"的终极认知。肉身不仅给我们一种厚墩墩的踏实感，而且把"善"这朵花养得毛茸茸、嫩乎乎，我们靠着肉身，用它践行理想，践行信念，践行"善"，之后才敢放弃肉身，"在恰当的时候死亡"，完成生命的承诺。

肉色中，有一种至诚之爱。"芙蓉脂肉绿云鬟，罨画楼台青黛山"，唐人元稹为刘晨、阮肇的神仙妻子作诗，丝毫不掩饰自己对美好女子的喜爱、赞美之情。兵家女有才色，未嫁而死，阮籍不识其父兄，径往哭之，尽哀而归，全无半点私心。坦荡之人对美好女子的爱亦坦荡，就像看到落雨便想到烟雨朦胧的江南一样自然。"红颜白面花映肉"，"人面桃花相映红"，"天何美女之烂妖，红颜哗而流光"，对美丽的人、美好的事物，谁能不动心呢？"镰刀弯弯割豇豆，你是哥哥连心肉"，民歌中的亲昵之情也往往到"心头肉"为止，有了该有的亲近与浓烈，也不失一份委婉与含蓄。

　　肉，增添了游走世界的体力与勇气。对肉的认识，也是对猎物的认识，对新陆地的认识，对游牧的认识，对家族拓展的认识。我们的祖先，可能面临着一个全新的生活环境，亦可能面临着未知的天气、全新的物种、不通的语言……可他们凭借一点点肉食带来的气力，完成了家族使命，造就了不朽的文化。肉的难得，让人们想到了碳水。肉与面食的组合，才是最好的搭配，面条可以配羊肉、配猪肉、配牛肉……光滑筋道的面身挂满肉的汤汁，浓香扑鼻。如果是手工面的话，一口咽下，嗓子还会带一点点甜，这大约就是所谓的"回甘"吧？南北朝时期便有了"馎饦"，即当今内蒙古西部、陕北地区所谓的"饹饦儿""圪饦儿""麻食（子）"。祖祖辈辈生活在这些地区的人们，用温热的汤面忘记了生活的伤痛。在他们心中，只要人活着，就难免磕磕绊绊，蹭破点皮，流点血，肉体的一星半点疼痛，是没什么的。

　　秋天已在招手，又到了吃火锅的好时节。红红火火中，依然可见牛羊肥美，肉色动人。

王雪雪
江苏无锡

桃花盛开时，
一切美好如常

在岁月的长河里飘飘荡荡，恍然间又到了一年春三月。

三月是属于桃花的季节。以往这时老家小屋前的桃花会开得很盛，我不记得门前具体有多少株桃树，但一迈出屋子，大片大片的桃花便映入眼帘，繁花似锦、蜂涌虫动，好一派热闹的春光。我喜欢在这时闭起眼睛，尽情享受浸染了桃花香气的春风的轻抚。我觉得那是一年当中小屋最美的时候。自《桃花源记》以来，桃源就成了大多国人心灵的归处，而桃花掩门的故乡小屋，其吸引力怕是比桃源还胜一筹。

不过小屋只是三间陈设简陋的土坯房，在世俗的衡量标准中，与陋室相比，也有过之而无不及。但因有祖父母生活在其中，这所小屋于我而言，就成了一个无比温暖的存在，长久以来在我心中始终熠熠生辉，成为我灵魂的归处。

我生不满月，父母便离异。父亲不断再婚，无暇顾我。母亲也与他人重组家庭，更无养育一说。祖母说，我父母离异后，我好像或者应该要被送养，是她坚决把我留到她和祖父身边，我才得以在他们的庇护下，在这个小屋中安然成长。

屋子前是一块菜地，每年清明左右，在春雨来临前，祖父总会戴着他那有些破旧的麦草帽，用锄头把将菜地分成大小不等的方块形，然后和祖母一起在小方块里种满各式的菜，豆角、白菜、西葫芦、青椒，以及韭菜、黄瓜都是其中的常客。在边上也栽满山花，植满果树。在我幼时，生活物资匮乏，祖父母精心照料的这块菜地，就成了我的快乐之源。夏天，我常匍匐在黄瓜藤下寻寻觅觅；秋天，苹果、桃子、梨个个果色橙黄，香气袭人，使我垂涎欲滴。

但要是与其他季节相比，我还是更喜欢春天一些，不像冬天那么寒冷，也没有夏秋时那难缠的雨，使得小屋方圆满是泥泞。且每逢春日，菜园边百花缭绕，百合、蔷薇、芍药等争奇斗艳，更有桃风如浪，蝴蝶翩然。受祖父母影响，我也喜欢各式各样的花，也爱在小屋周围种上各色的花卉。小屋旁的众花中，我最喜欢桃花，总觉得桃花有种超然的韵味，"桃花流水窅然去，别有天地非人间"。

随着年龄渐长，又因求学之故，在外漂泊就成了常态。在异乡为客的日子里，我常于午夜梦回之际，思念这所破败不堪而又无比珍贵的屋子、对我养育之恩深似海的祖父母，以及那盛开在春风中的桃花。

前年春天，春寒料峭，天气冷得异常，又接连下了几日的大雪，白雪苍苍茫茫，整个天地似乎都被一种悲情的氛围所笼罩，小屋前的桃花正含苞待放，就无奈地消散在肃杀的寒风中了。风雪还未停歇，祖母也病重了。眼窝深陷，黑洞洞的，看不出一点生气。祖父母养育我20余年，甚至年过古稀时，仍然下地种麦，每年收粮才千斤多，都换成钱来资助我读书。祖母曾说："我们想着要是能把你养到有本事自己吃饭，我们走了也安心。"而当我临近大学毕业，有能力让祖父母稍可安享余生时，祖母却好像等不到了。

祖母还是停留在那个春天了，她走不动了。大学毕业后，我把祖父接到我工作所在的江南小城，不觉间已过去了两年，忽然而已。料想小屋前的菜地定是荒芜一片、杂草丛生，小屋也日渐衰朽，恐怕再难以入住了。我又忍不住从邻居那里验证，大都如我所想，不过邻居还夸赞了一句："你家门前的那几树桃花，开得真好啊！"是啊，只要气候如常，桃花总归会开得不错的，只是"年年花相似，岁岁人不同"。有人在老去，停留在原地，化作了山间一抔土；有人在成长，匆匆向远方，变成了江上一只船。

值得庆幸的是，每当桃花盛开的时节，过往的美好记忆——和祖父母一起生活的岁月、小屋以及小屋前的菜地，都会重新涌入我的脑海，好像一切也如常。

沈 静

上 海

那个在星光下，
飞驰的老少年

傍晚，从老妈处得知，老爸正好在我单位附近办事。于是，临时决定与他在附近一地铁站会合，一道回家。

当日天公作美，煦风朗月。会合后，我灵机一动，提议道："老爸，我们骑自行车回家吧！"他颇为高兴地答应了。

于是，有了几乎是自己成年后，与父亲的第一次骑行。

这个年近70岁的老少年，可比我想象中能耐多了。我追都追不上。

渐渐沉重的夜色下，我努力跟在后面，仿佛一个不称职的保镖。

而一股莫名的暖流，正穿透时空，袭击我的心房。

时光机器，即刻开动，回到许多年前的那个夏天。

约莫小学四年级，正恣意享受着暑假，还穿着小短裤小汗衫的我，被老爸直接拉到家附近的一个工厂。因从当日开始，他要正式传授我一项新技能。

爸爸选择这里，是有充分考虑的。工厂地域开阔，有大片平坦整洁的水泥路。它们仿佛正张开巨型的怀抱，迎接着我们。

从那日开始，每当暑气退去，日暮凉爽来袭，我们便抵达工厂。爸爸把我从自行车上放下来，开始手把手地教起来。

印象里，是从认识自行车的构造开始的，到后面如何骑行的第一步、第二步、第三步。聪明又细心的爸爸，用耐心和鼓励，浇筑起女儿信心的城墙。

这次倒还算争气。大约因我天生对这两轮物有别样的钟爱。大概每天就练习两小时左右，三天我便学会了。实际上，只学会了"蹬轮子"和"平衡"，至于上下车和刹车等"高级项目"，则完全不会。这为后面的小插曲埋下了伏笔。

9月，开学了。上五年级，颇为胆大的我便迫不及待和老爸谈判要骑车上学，同样大胆的他竟然答应了。我便开始了雄壮的小学生骑车上学之旅。经过三天练习，只学会半吊子技能便迫不及待"跨上车"的代价，也如飞速的车轮，极速抵达。

大概没几天，在学校附近一个小巷子，我与一辆其实车速很慢的板车撞上了。板车没事，拉板车的大叔没事，我也没事。唯一有事的是我崭新的自行车。它断了高达11根钢丝，躺在路边，可怜兮兮地望着我。

我倒是不慌不乱，淡定得很，迅速联系到老爸，汇报了事件详情。他很快从单位赶来，气喘吁吁的样子。先是狠狠把我上下左右仔仔细细打量了一番，再胳膊、腿啊到处摸几下，并严肃问我这儿、那儿疼不疼。确认我真的没事，他这才长嘘一口气。其实他看我这副云淡风轻地站在路边，无辜望着躺倒的自行车，完全一副没事人，看别人热闹似的模样，便基本可判断女儿"伤势到底如何了"。真好像这可怜的自行车是别人的，与我没半毛钱关系。

爸爸将我的破自行车弄回家。没有半句责怪。

只记着他看着我，还有些无可奈何、颇为好笑的样子，笑着说了句："你本事够大的。把车撞成这样，自己毫发无损。"

是的，这就是我的父亲。

用如山父爱，包容女儿一切的父亲。

我的老少年。星光下的老少年。

我们骑到一座桥，他有些艰难地翻越着。

看着他的背影，我心里怅然又酸楚。

我的爸爸老了。他真的老了。

曾经，他是我的变形金刚。而如今，我要做他的左膀右臂。

下桥了。我与他并驾齐驱飞驰着，好不爽快。

我们恣意笑着。秋夜星光下，一高一矮，一瘦一胖，两枚孤影。

这一刻，我明白了。我们，已彻底和解。

我们回去了。故乡，旧时光。女孩，自行车。

我们回到，我的少年时光，他的青年时代。

欢声笑语。风华绝代。

许宏皓
广西钦州

观海记

你看过海吗？苍茫的，辽阔的，一望无际的海。

我看过，在热血而自由的青春里，听着浪花拍打礁石而演奏的乐章，踩在松软的沙滩上，张开双臂拥抱了海风。

可你不知道，在很小的时候，大海是我遥远的幻想。

我出生在内陆的一个小山村，从记事起，世界好像就是从小瓦舍里升起的炊烟，晚霞跌进门口老人浑浊的眼，小孩与父母之间隔着长长的电话线。

那时候，蓝色只属于天空，因为我们没有见过蓝色的花。偶然在过年的时候会听父母说起在外打工的经历，他们说，大海一望无际，海风会撩乱头发。

我问他们：“大海是什么颜色的？”

“蓝色的，像天空那么蓝。”

我透过他们的眼睛想一窥大海的壮观，可是大海太大，大人的眼睛太小，装满了生活的困顿，便装不下大海的风与浪。

从此，向往海洋的种子便在心里悄然生根发芽，大海成了我遥远的诗与远方。于是，高考填志愿的时候，便选了靠海的城市。

入学那天，我并没有直接去学校报到，而是一下车就先去了一趟所在城市的海滩。那是我第一次看海，苍茫的、壮阔的、一望无际的海。蔚蓝的海洋与万里无云的天空相连，无拘无束的海风与我的灵魂尽情地相拥。

第二次看海，我依然心潮澎湃，在车票难买的五一小长假抢到了去北海的动车票。在经过半个小时的车程后，我站在金滩松软的沙子上，任由海风吹拂着我的长发。碧海蓝天下，沙滩上陷下去的小洞里，偶尔有大胆的小沙蟹爬出来挠我的脚丫。

第三次去，完全是临时起意，与一群兴趣相投的朋友聚餐的时候，不知谁提了一句，于是便说走就走。

真的得感谢这个发达的时代，日渐兴起的租车行、畅通无阻的高速都成全了我们说走就走的任性，从钦州到防城港怪石滩，深夜12点出发，凌晨2点到达。

年轻的身体没有熬夜的困倦，十几个青春洋溢的少年，在洒满月光的沙滩上奔跑，嬉闹，最后玩累了就一起挤在车里听着海风挟裹着浪花拍岸，沉沉地坠入梦里。

身边人将我拍醒的时候，天还是灰蒙蒙的，他们兴奋地说："快走！有红运！"

坐在怪石嶙峋的海岸上，看海水慢慢退去，偶尔飞过几只海鸥，叫声唤醒了轮船的呜呜。冬日的朝阳缓缓地跃出海平面，我用手机拍下这个瞬间，将它发给早已回乡发展的父母，让他们代为分享给我那一辈子都没出过小县城的奶奶。

奶奶说我很幸运，能在女孩子最美好的年纪去看山看海，而她在最美好的年纪，不过是从这个村嫁到了那个村。不过她说自己也很幸运，幸运地从那个时代活到这个时代，通过手机在千里之外与我共享这片属于我的青春的海。

阳光划开了晨雾，三千发丝在海风中飞舞，潮水一点一点退去，被风吹皱的海面像一块多棱的镜子，不同角度地反射着波光。蓦然回头，我的朋友们站在漫天霞光之中朝我招手，我跑向他们，张开双手在无尽浪花的欢呼声中拥抱我灿烂而热烈的青春。

何其有幸，坐上了时代的列车，观青春之海。

郁明昊
上 海

不变的根

终于到了啊！我昏昏沉沉地走下车。时隔多年，再一次踏上这片土地，我贪婪地呼吸着故乡新鲜的空气，紧皱的眉头也渐渐舒展开。

“这么远的路程，而且我又晕车，真不知道为什么母亲极力劝我回老家。”我在心中抱怨着，满是不解。不经意间，一片火红的树林映入眼帘。这是谁家的山楂树啊？我好奇地走近，只见一颗颗圆滚滚、亮晶晶的果实挂在枝头上，星星点点的白色与火红交相辉映，显得煞是可爱。山楂独有的清香沁人心脾，引逗着我。我摘下一颗山楂，咬下一小块果肉，一股酸涩立即在我口中肆意席卷。尽管早有准备，但还是忍不住倒吸一口凉气。我细细品尝着，舌下溢出了不少唾液，酸涩感渐渐消退，丝丝甜意在舌尖绽放，将归家途中的不适驱散，也将童年时的回忆勾起。

儿时的我胃口不好，奶奶心急如焚地给我找寻着一切能挑起食欲的食物。“小宝，尝尝这个好不好吃？”每当回到老家，耳边总能响起这样一句话。

"奶奶，这山楂好好吃。""好好好，奶奶在这一片种上山楂，这样以后就能天天吃了。"奶奶抱起了我，指着后院的一大片土地，笑着说。而我只觉得奶奶在哄我开心，并未记在心里。

思绪拉回，我似乎意识到了什么，向着果林深处跑去。果然，看到了熟悉却又陌生的身影。岁月终究是无法停止流逝的，曾经高大的背影已不在，她佝偻着身子，沉重的篮子压得她双手微微发颤。她扶着老花眼镜挑选着最大、最饱满的果实，用她那双饱经沧桑、布满皱纹的手小心翼翼地取下，慢慢地放在篮子里，似乎连一点磕碰都不允许。我看着这一幕，心酸极了，如同第一次品尝山楂那般，从舌头酸到舌根，一直酸到了心里。"奶奶，我来看您了。"奶奶并未说些什么，只是从篮子中拿出一颗山楂，在衣摆上仔细擦拭着，又熟练地取出果核，递到了我手中。在她殷切的目光下，我咬了一口。这一次似乎与以往的感受不同，酸涩感弥漫在整个口腔，是奶奶说不出口的强烈思念，但马上又转变为甜蜜，进入我的心头，是奶奶藏在心中的浓浓爱意。

临行前，奶奶紧紧握着我的手。那双厚实的手，在不舍中，慢慢地松开了。而在这一刻，我毫不犹豫地抱住了她，一老一小，一高一矮，恰如彼时。夕阳下，老人的那一抹微笑，也让我明白：我的探望，又何尝不同那山楂一般，又酸涩又甜蜜呢？可这份简单的探望却是如此"来之不易"。这不免让我陷入了沉思：我们这一代青年人生于城市，长于城市，物质条件越来越优渥，但同时那血浓于水的亲情也被城乡之间的沟壑所阻隔，被我们所淡忘。落叶归根，故乡本是我们的根，失去亲情，就只是一个地理位置。若是故乡的根都能轻易丢失，又谈何国家的根？不论时代如何发展，我们永远不能忘却初心。想到这里，我更坚定了决心：要从一次次简单的探望开始，找回我的"根"，让它茁壮成长。

张志豪
马来西亚

以古为镜

　　文学如一面镜子，映照灵魂的苦楚，馈以精神的富足。我们各持一镜，将鲁迅散落在人间的碎片，重新汇集。

　　今年4月，我有幸来到鲁迅藏书室，参与《夜光杯》举办的市民读书会——"今天，我们读鲁迅"，与各高校的同学共论各自所品出的鲁迅。活动围绕着脍炙人口的鲁迅作品集，如《野草》《彷徨》《呐喊》等展开。我在这次活动中收获颇丰，见识到更专业、独到的见解，还有主办方编辑所展示的各版本《鲁迅集》。通过大家的讲述，我仿佛通过文字的缝隙窥见了当年鲁迅先生写作时的一颦一蹙，于彷徨中呐喊，恰似野草不息。此外，我更惊叹于上海的文化氛围，甚至有"鲁迅小道"的创意形式，让更多人有机会走近一代文豪生活过的足迹。

　　马来西亚华文独立中学教材必读课文中便有鲁迅所著的《祝福》，更有名家小说选《阿Q正传》《孔乙己》。15岁，我开始接触鲁迅先生的作品，印象最深刻的便是阿Q这个角色，初次接触我感到不适，认为他素质低下，粗鄙不堪。后来，我重新拾起这本《阿Q正传》,读懂了其对封建阶级抗争的无力,又在《祝福》中看见祥林嫂的哀叹与不幸,也在《孔乙己》中看见书生脱不下的长衫。这对世界观刚见雏形的我而言,无疑是不解的,这世间的苦从何而来,又该去往何方?

鲁迅著名的铁屋子比喻,大众皆在沉睡,唯独你清醒,你选择将众人唤醒还是沉默?《野草》中"绝望之为虚妄,正与希望相同",我读出的含义是与其将命运寄托于虚无的希望与绝望,不如将生命托于自己的双手。事在人为,无论可否逃出铁屋子,都应让众人获得清醒的资格。上学期重读《伤逝》,涓生与子君的爱情似乎让我看见爱情—生命—革命—执念的递进。涓生启蒙了子君,而后弃之如流水飘零。这似乎重新定义了我脑子里的"革命",革命并非人云亦云的潮流,而该是观四面、听八方、鉴史镜、合今时后所做出的重大决定。如此看来,鲁迅先生几乎独立于其中,按照内心的选择,用文字引领着众人。

"以古为镜,可以知兴替",但若一味按照旧法,难免食古不化。鲁迅先生深谙此理,发出"从来如此便对吗?"的质疑,但他却孤独又彷徨,仿佛站在山巅却看不清一个民族的未来,是故"前见古人,后不见来者"。鲁迅的精神与范仲淹所言"先天下之忧而忧"不谋而合,是为大义。鲁迅先生虽是孤独遥望,却能在时代席卷之下,独留冷静的思维,既批判社会,也批判自己,是为大公。如此大公大义之思,对我影响深远,为我塑造"三观"添了一份"正"元素。

镜映众生亦映身,以我之身远不及其万分之一,但我仍将持镜恒行,乱中取静,保持批判性思维,走自己的路,永恒,不停歇。

冰 枫
黑龙江大兴安岭

八 楼

　　一些图书馆里的旧书会被关进"小黑屋",这个"小黑屋"名曰"古籍阅览室"。

　　古籍阅览室在学校图书馆的八楼。一扇猪肝色的大门紧闭,底端距离地面大概有半拳的缝隙,缝隙中透出诡异的光,令人莫名神往。我时常在想,那扇门里封住的究竟是岁月长河中的艰深晦涩,还是晶莹剔透玻璃柜里的文墨风骨?门外是一方空地,连着防火门和电梯门,阅览室门正对着的是两扇视野并不开阔的窗户,由于紧挨着教学楼,窗外只有冰冷的大理石墙体和对面教学楼里的事物。

　　我如何也不会想到恰恰是这样一个地方,竟会成为我迷茫时光里的栖息之所。

　　在还不萧瑟的8月末,距离考研四个月的时候,我把背书的地方选在了这里。我深知我怕极了孤独,却在这潭叫考研的水边踽踽独行这么久。

　　破晓时刻,天边最后一颗星星划破黑暗,月亮带着缥缈的白色凝视着太阳的升起。此时的八楼光线并不充足，我需要打开方厅的灯，可能因为很少有人来这里，四盏吸顶灯中三盏已经坏了，开关打开后挣扎闪烁几下便长久暗淡下去。我便坐在唯一亮的灯光下背着烦琐复杂的名词解释。抬头望向窗外，没有晴朗或阴暗的天空，只有随着太阳移动、天气变幻或明亮或黯淡的墙体。秋天的艳丽多姿随着光阴流逝逐渐淡去，冬天的肃杀寂静悄然而至。户外的颜色日渐单调，枝头零星的枯叶摇摇欲坠，最后在风中伴着雪花跌落地面。生机仿佛随着温度的降低逐渐消逝，但不知是什么原因，在色调单调的冬季，天边朝霞的颜色却越发绮丽，墨蓝色的天边被浸染上了绚丽的颜色，天边的星子和月光正是点睛之笔，让一个又一个再寻常不过的清晨美得不像话。

在出神时我会久久注视着那扇死寂的门，曾经门底那道诡异的缝隙却带来生机。清晨第一缕阳光是透过门缝洒向地面的，那是带着光芒的橘红色，持续5分钟左右迅速黯淡下来。再过几分钟，真正的阳光穿过缝隙，金黄色的光芒穿透每一道缝隙，横冲直撞进这个不大的方厅，死寂的门被镶上金边，变得神圣而庄重，仿佛尘封在里面的不是古籍，而是某部创世纪的法典。当天光大亮后，门内外光线平衡，"金边"逐渐消失。

一切仿佛是只为我一人准备的流光溢彩，在只有我能看见的时候惊鸿一刹，随后迅速归于平静。

一个人孤独到极致时就会浮想联翩。阅览室门内的世界是未知的，甚至连明亮或是黑暗都无从知晓，可是却依旧有无数人趋之若鹜。这门又何尝不是围城？门内的灵魂陷于囹圄，求之者如饥似渴。而我又何尝不是呢？我不知我这日复一日的厮磨，能否成为我日后安身立命的根本，我甚至不知那遥远的他乡是否会成为以后的故乡，我也不知在身体和精神都极度崩溃的情况下我还能走多久，但是我依旧在赌，用我明知不可为而为之的诚意下注，与20岁的青春做一场角力。我不赌我一定成功，我赌我不会输。你不是时光，你无法发觉，参考书是越翻越厚的，喑哑的嗓子是越背越清晰的；你不是空气，你不知道，隆冬午夜12点的寒风有多刺骨，你不知楼道里飘来的烟藏了多少心事。面对那扇从来没开过的大门，纵使一切都是虚妄，可我却从未想过放弃。

八楼是戴着神秘面纱的神圣之地，我不知我能否在此地涅槃，在这里我走过最长的路是八步乘八步，在这里我见过完整的黎明破晓和日落黄昏。如今再回首，原来抛去艰难修习、困难险阻，我们最终需要面对的只有孤独。

又是一个朝霞万里、霞光漫溢的清晨，门开了。

李梓菁

江苏南京

青砖，青砖

好像还是初秋，一声短而急促的鸟鸣，隔着砖瓦发出空空声，这调儿唤得我缓缓睁开黏腻的眼皮，才发觉绵绵的雨水慢慢地润湿堆垒的青色砖瓦，于是，墨色便更胜一筹。

噫，朦胧的思绪忽就偏转至我的故乡——县城的一处小村庄。一堆堆青黑的矮屋静默不言，卧于绵软的土地。我能记住的是他深沉的颜色，我想这颜色总会跨过语言的沟壑，留下说不明道不清的情愫，与家客相呼应。

青砖，一块块，垒起了居住的房屋。一块块青砖自被筑起，便被这个小小村庄赋予了别样的味道。一年又一年，他们见过江宁的岁月，体会过江宁的风土人文，记住了江宁的变迁更迭，抚慰了时间罅隙里的空虚与怅然。

我家院里一棵银杏贴着青色的矮屋长了，树枝伸出了门口的矮墙。春时绿成一片，绿色自叶尖至叶柄由深及浅，阳光下，青黑色的砖块上光晕斑驳。到了秋，那金黄或是摩擦着墙面纷纷落下，静静地伏于一旁；或是越出矮墙，点装路面。似乎在这百无聊赖的日子里，这一块块的黑与那一片片的新绿金黄结成了伴侣。

房屋的材料是青砖。听得以往古青砖的制法，倒是讲究。不同于钢筋混凝土的现代建筑，青砖主要取料于黏土，黏土经工人们粉碎处理，挤压成型后经自然晾晒后才得入砖窑焙烧。能否成品下一步是关键，耀眼光度定要精准至铁水的程度。呵的一声，成了，随后打水来冷却。尽管那时科技匮乏，砖窑烧制的青砖却耐腐防湿，坚固有型。

儿时曾见过祖辈垒砖。他们从砖窑里拖来青砖，等到一块块烧制的青砖被码好置于一旁，祖父的汗衫已被汗水打湿，而它们倒是显得气定神闲，似乎它们未曾担心从窑炉里出来后归处为何地，它们只是温顺地跟随着，去往不同的方向。它们崭新的表面覆了一层薄薄的尘土，我料想定是掺杂了沿途那一道的尘土。每当我玩得闲下来时，见到的是祖父不言的场景，古铜色的脊背不间歇地起起伏伏。随着青砖逐渐垒高，新建的房屋终于成了形，祖父直起身子，重重舒了一口气，风乌拉拉地排向青砖，青砖结结实实的，黑得发亮。

记得小时候的夏天，我总是喜欢去摸摸刚下完雨后冰凉凉的乌青的墙面，似乎这样能解除暑气。未被青苔附着的墙面稍微有些毛糙，而当我摸到墙上长了墨绿青苔的湿漉漉的青砖时，发觉指腹的温度被柔化得细腻，现在摸起来倒是滑腻腻的不好受。

青砖垒起的房屋又矮又平，村庄里的房屋大抵都是这个状貌，黑砖房里居住了一代又一代人。清晨，炊烟袅袅升起，鼓动的白烟造就青黑色的烟囱一番半遮半露的情态。一天伊始，妇女们提溜着衣服搓衣板快步走向塘边，早晨的影子很淡，落在一旁的青石墙上软软的，棒槌敲打的声音随后脆脆地响起，其他大人工作的工作，娃娃玩耍的玩耍。傍晚，炊烟再次升起，这似乎成了一天结束的一种暗号，家家户户细碎的声音次第绽开在了青色砖房里。

随着时间的推移，到我上中学的时候，村里的人们开始了对房屋的翻新。少数砖房留在一旁，大多的砖房添加红砖抹上水泥，刷上白漆，崭新的哩，确实艳丽丽地好看。而后年岁已久，有些白色的墙面从墙根开始滋生棕绿色，沿着墙根向上由深及浅，碧绿的青苔平铺在墙面，是薄厚不均的。墙皮坍圮，青砖排放的纹路便更加清晰，总有毛毛绿的草叶顺着这缝隙冒出来，熟悉的青黑色露出，其表面爬上了长短不一的裂纹。

而今，这座城发展得真是快哩，城区里，高楼钻出柏油路面。我总是在行走时抬高头，仰视一摞摞齐整的高屋，它们的顶部在视野里连成一条线。而那矮矮的青砖房绝不相同，它们排布得歪七扭八。每当我乘车离开时，望见的是青色矮屋交错于高低不一的白色的新房之间，逐渐变小变模糊又不分明，心中总是怅然中又略带着一点庆幸，轻轻喟叹先行者依旧存在，暗暗惊喜后来者持续到来。

我怀着思念与期待，嘴里轻轻呢喃着"青砖，青砖"，心中又垒出了另一座的坚固。

徐兰平
上 海

春日忆小镇书店

霭霭停云，濛濛时雨。校园里，孩子们依然穿着厚厚的冬衣。但那些细细的枝条，有的泛着青色，有的透着紫红，再不是冬天那干枯的样子，仿佛下一秒或者等上一夜，便能看到一树繁花。

记得我小学四年级的时候，便开始自己坐公交车回家，从周浦小学走到周浦车站，十几二十分钟，一路上有许多小店，我从不会为它们停留一会儿，倒不是急着回家，全因为镇上唯一一家新华书店就在周浦车站对面。

这是一家十分气派的书店，分为三个区：图书区、影音区和文具区。每个区，我都能逛上半小时甚至更多。所以我特别期盼周五，下午两点半放学，在里面待两个小时再回家也没关系。

图书区门口放的是教辅材料，《一课一练》还有那些我现在早已忘却的名字。往里面是儿童读物，就是在这里，我读了人生中第一本世界名著《绿屋的安妮》。那时候，像我这样的少年可多了，儿童读物那里总是一片七倒八歪，或站或坐或躺，总有一款姿势适合你畅游书的海洋。

我拿着《绿屋的安妮》足足看了半个小时，为安妮那不幸的经历愤愤不平。最后，实在熬不住这"罚站"，决定将这本书带回家，所幸，当时买书并不算乱花钱，我拥有了自己的第一本世界名著。

后来，我就循着这个系列一本一本看，但不能一下都买回家，所以趁车子还没来的间歇，争分夺秒地看一下书的开头，觉得有趣便买回家看。可能有"书仙人"的保佑，基本上买的书都十分喜欢，但我记得有两本书——《爱的教育》和《小妇人》，我看到一半，后来闲置了很久，长大点才捡起来看完。

回家坐的车叫周康环线，它是一辆"环线车"，行车路线是一个圈。它有两个方向，一个方向到家只要20分钟，另一个方向则要绕上一个多小时。

如果选到了自己喜欢的书，例如《三国演义》《雾都孤儿》《鲁滨逊漂流记》以及那时候流行的其他小说，即使坐上反方向的车，也是庆幸能赶紧坐下来继续看。更不要说向同学借的书，什么《绿野仙踪》，那必须坐上一辆反方向的车，在到家之前把书一气全部看完才算过瘾、安全。

我们家并不是书香门第，要说为什么从小爱看书，就不得不提一下神奇的"书仙人"。

三年级的时候，镇上开了第一家肯德基。那天上午拿成绩单，妈妈中午抽空送我回家，并按照约定带我去买肯德基吃，由于赶时间，我在妈妈的摩托车上等她，可能是那天考三门"优"的学生太多，妈妈去了很久都没回来，我在摩托车边像个木偶一样发呆。这时，那位白发苍苍的"书仙人"走过来笑眯眯地对我说："小姑娘，这样的时间用来看书多好啊！"这时妈妈正好回来了，等她走近问我，爷爷说了什么，那位"书仙人"竟然无影无踪了。我早已忘了那天肯德基的味道，但我们都记得那位老爷爷，并且时刻记着他对我说的那句话。

时光飞逝，周浦车站对面的书店早已搬到了新建的商场里，当年在新华书店醉心读书的小姑娘成了一名语文老师。我常常将这些童年趣事讲给小朋友听，将读过的书推荐给他们看，希望能够在他们的心中播下一颗文学的种子。

停云霭霭，时雨蒙蒙，在这个春天写下我关于小镇的记忆。

朱梦梵

四川成都

鹅卵石的秘密

前几日，在书柜里翻找学习资料时，一块石头突然从书柜最里端滚落而下，还未待我反应，它便已坠地，"咚咚"声响起，令人耳膜一震。我连忙将它拾起，却发现因为经年的累积，沉厚的灰尘早已为它添上黯然之色。我用清水轻轻冲洗，看着那灰尘从指缝间渐渐流失，心底不禁期待起它之后的模样。

这是一块白得锃亮的鹅卵石。鹅卵石中罕有如此之白，即便在公园的鹅卵石小道上找上一天，都不一定能找到这样白净的。细细看去，鹅卵石的表面光滑，像是经过精细的打磨，放在手上把玩片刻，也没有丝毫的滞涩感。阳光透过树叶的罅隙投下琥珀色的光影，在鹅卵石的周围氤氲出一层淡淡的光晕，竟也让人晃了眼。

"是父亲。"当脑海中思绪纷飞时，一个捧着鹅卵石的身影逐渐在脑海中清晰地显露。小时候父亲送给我的礼物，曾被我视若珍宝，却不知道什么时候被随意丢置在那布满灰尘的角落里。

依稀记得，是零几年的七八月份，一个烈日炎炎的下午。

父亲牵着我的小手漫步在江滩边上，蓦地见到一条由许许多多零零碎碎的鹅卵石铺就的小径。我被这条"怪异"的小路所吸引，情不自禁向前走去。父亲带着我来到这条路的起点，我小心翼翼地踮起一只脚放在路上，又迅速地缩回来，那副心惊胆战的模样看得父亲莞尔一笑。他将我抱到路的中央，牵着我慢慢到了终点，不均衡的挤压感带给我脚掌一种新奇的触感，我的心情也渐渐放松下来，不亦乐乎地在这条路上跌跌撞撞地跑着。

之后，父亲突然神秘兮兮地把我再带至起点，对我说："我们做一个挑战，好吗？成功了是有奖励的哦！"只见父亲蹲下身子，脱掉脚上的鞋子，同样示意我脱下脚上的鞋，然后紧紧抓着我的手，缓慢又坚定地踏出了脚步。

疼，是我踩在石子路上的唯一感觉，稚嫩的皮肤在炽热的石子下变得通红，有的地方还磨破了皮。我的眼泪开始在眼眶里打转，顷刻间便落了下来，可我还咬牙忍着。随着路程的延长，石子似乎变得越来越锋利，疼痛也变得越来越清晰。我终是再也忍不住了，号啕大哭起来，说什么也不肯再挪动半步。父亲站在那里，什么也没说，只是温和地看着我。那时的我看着阳光下父亲的身影，不知道是否是父亲的目光坚定了我的信念，我又跟着父亲继续挪动了脚步，流淌的汗水刺得伤口生疼。不知道走了多久，父亲放开了牵着我的手，让我低头看看脚下，我才发现我已经到了终点。

这么多年过去，我发现我仍旧记得当时内心的畅快，记得那个烈日炎炎的下午，却对这颗鹅卵石没了任何印象，也忽略了父亲花了多少时间打磨这块鹅卵石。

而今，过去了好多年，很多高楼平地而起，现代社会也发展得越来越快，可父亲在我的记忆里走得格外慢，父亲身体力行的教导一直烙印在我心中。只是有一次他拿橘子的手抖了抖，也就是这一次，我才猛然意识到，年轻的父亲早已停留在我的记忆中。时间染白了他的头发，压弯了他的身躯，还平添了一些眼角的皱纹。我好像总是习惯忽略父亲身上的变化，即便是一个碎嘴的中年人来到我的记忆里，即便我们之间的亲密随着时间的流逝演变成不理解和矛盾，即便我们已经很久没有坐下来好好说说话，只剩下不间断的冷战与争吵。

可当眼眸被这亮丽的白填满时，我的心中有什么地方被戳了一下，眼泪不争气地掉了下来。朦胧间，我仿佛又看到了父亲在那个下午的身影。我的习惯性忽略，应该还是不忍看到父亲就这样老去，也害怕看到父亲就这样老去吧。那曾经承载了我整个童年的形象，教会了我太多东西，也把我教得跟他一样，将爱隐晦于生活的每一处，却忘记了如何表达。

这块鹅卵石被我摆在了书桌上，它不应该被尘封在记忆里，连带着这份深重的爱。

我突然想去买橘子了。

王馨仪
上　海

告别终有重逢

　　江南的春夏之交，榆柳娉婷，阳光细细密密地倾洒在碧波荡漾的曲流中。记忆中江南古城的脉搏，恰如其中荡漾的水波，仿佛在言诉着抹不开而说不尽的柔情。在那轻巧跨过渊渊碧波的小桥之上，抑或是斑驳青瓦白墙一隅之间，散落着闲庭信步的人们，他们流连于水乡的静谧之中，或感叹或沉思，或悠闲或平静，融于宁静的水乡画卷。这样的光景，让当年第一次踏足江南的我对古城心生欢喜，让旅行倍感愉悦与沁然。

　　苏州之行的最后一天，刚好避开了周末，风光旖旎的小桥流水、白墙黛瓦此刻便独属于我们几个零星游客，好不快意。道旁的民宅里，一位老奶奶在窗前的灶台上忙碌，手中翠嫩的菜叶散发出氤氲的清香，吸引了幼年时我的目光。

　　"好清香的味道！"我不禁感叹。

　　只见和蔼的老奶奶听闻亲切地笑了笑说："小朋友，这是艾草，我刚采的，特别新鲜……"说完便将一枝娇嫩翠绿的艾草递到我掌心，"听你口音不像本地人呢，这艾草可有用了，不仅能吃还能驱虫……我正打算做青团呢，有机会来尝尝我的手艺呀。"老奶奶一边热情地邀请着我，一边娴熟地忙活着手里的活。她眼眸中盈满了和蔼与温情，即便面对初次相逢的稚嫩孩童。雪白的面粉和翠绿的艾草汁融合，恰似四周的白墙黛瓦那般——虽是谈不上华美，却糅合着绵延的暖意。一番交谈后，我礼貌地向老奶奶致谢并道别。心中揣着丝丝未能品尝到奶奶手艺的遗憾走在路上，耳畔传来楹联灯幌之中的吴侬软语，牵动人心；河边船夫不疾不徐地摇着木船，荡漾在碧波之上；鼻息之间，满是手中艾草弥漫的清香，沁入心田。

简单散步后，我便匆匆结束了那次行程。离别匆匆，然不舍之情却绵长。江南古城的古朴雅致，静谧自然，给当年儿时的我徐徐展开了一幅平和悠然的生活图景。记忆中来自古城的悠悠涓流始终流淌在我的心间，来自陌生人的热情与关爱更是久久难以散去。当时年幼的我虽是难懂何为相遇之可贵，也难解离别之含义，却同样明白经过美好而短暂的相逢，想要在茫茫人海万里之隔中找到那位老人实属不易；日新月异、光阴如梭之中，江南古城自然宁静的气氛同样是告别之后便很难找寻。

若干年后，当幼稚逐渐褪去，我再一次来到江南水乡。

彼时的江南，已经是网络上春日打卡的必经之处，络绎不绝的人群填满了古城的每一缕春色。可惜的是，喧嚣盖过了船夫的橹划过碧波的声音；人潮也早就将周围的民居吞没成商铺。正当我以为，曾经同那安静闲适的古朴小城的别离是无可追溯之永远时，恍惚之中，却又闻到了熟悉的艾草香气。

"会不会是当年的老奶奶？"我内心惊诧道。

回眸，则是一家经营青团的店铺。默默藏起一缕失落，我踏进店中，只见一位中年男人勤勤恳恳地揉着艾草面团，细致娴熟地忙碌着。"小姑娘，尝尝吧，都是手工的，很自然的。"果然，馥郁的艾草香让青团充满浓郁的春日气息，沁人心脾。"小姑娘，你觉得味道怎么样……手工制作慢，量少，为的就是让大家吃到最原始的春日味道……喜欢就多吃一点，买卖是其次，大家满意才是关键……"彼时，我在老板的话中沉思，青团的口味也变得更加馥郁绵长。耳畔旁，穿插着戏曲的悠扬，也传来了木船里游客的谈笑声。

我们常常不愿告别，常常对日新月异的改变应接不暇，对逝去在往昔的美好屡屡叹息。然而时代的大钟上，时针与分针总会分开，就像江南水乡的古朴静谧或许不再常见，民宅前热情的老奶奶很难再寻；但时针和分针却注定会再相逢，就像跨越千年的长亭古道，白墙黛瓦仍久久伫立，游人的欢愉和享受永不缺席，文化的传承不断，而人与人之间关爱、友善、分享、奉献的默默温情也始终似婉转曲流一样长流不息，昭示着这个时代的秘密——

在人们无数次的告别、城市无数次的改变下，是坚守与传承的无数次重逢，是关爱与真情的无数次相拥。

江 琴
福建三明

留得残荷听雨声

"草在结它的种子，风在摇它的叶子，我们站着不说话，就十分美好。"

我并不是一个能够与人侃侃而谈的人，所以有时候和别人单独相处、没话题聊时，我总显得很局促，有时候甚至会前言不搭后语地硬聊，因此也曾闹出过一些笑话。

有一次，我和好友思雨站在教室门口的走廊上，她看着远方发呆，我走了过去，却突然不知道该说什么。于是我问她："如果有时候，我确实没有话题可聊，你会不会觉得不太好？"她笑了笑，转头对我说："不会呀，我觉得我们站在一起不说话就十分美好。"

这句话我记了很多年，虽然我早就在书里见过这句话，可是当她说出这句话的时候我依然觉得十分震撼。我不知道该如何描述那种感觉，有些感动，有些释怀，极大地安抚了我那个年纪内向又自卑的灵魂。

所以，我一直把她当成我的灵魂挚友。

我该怎么去形容她呢？姑且以花作喻，我觉得用荷花来形容她最为贴切，"中通外直，不蔓不枝，香远益清，亭亭净植"。她像荷花一样美好，灵魂散发着香气。

第一次见她是在初三的全校大会上，她作为学生代表站在主席台上发言。她说她的座右铭是"书山有路勤为径，学海无涯苦作舟"，配上她那好听的声音和书卷气的外貌，我真真觉得她是个神仙般的人物。后来我经常在学校报纸上看见她的文章，她让我明白了什么是"腹有诗书气自华"。

高一我从实验班考进尖子班，第一次进班级，她便拉着我的手想让我和她当同桌，我一时震惊于"她怎么会认识我"，竟是愣在了当场，我的朋友朝我喊了一句"这里这里"，我才回过神来，跟她说了句："抱歉，我已经和朋友约好啦。"没能和她成为同桌，现在想起来还是觉得很惋惜。

我后来总找机会同她聊天，我们聊诗词歌赋，聊少年爱情与人生理想；我们互通书信，总说字如其人，她的字就和她的人一样，秀丽中充满坚韧的力量。

她爱看"红楼"，她同我说自己年纪太小，还读不懂。总说文人傲骨，想来她定会说自己算不上文人，但我觉得她博览群书，却实在谦逊。她高中时曾经发过一条个签："留得残荷听雨声"。这诗黛玉喜欢，她喜欢，我也喜欢。

她高考失利，决定复读一年，但我没想到她竟然有勇气直接放弃理科，转而进了文科班。是了，她本来热爱的就是文科，后来考得也相当不错。

大二寒假回家，我和舍友约了聚会，正好在她家附近，于是我喊她下楼，她下来的时候，我一时间竟不知该聊些什么。

于是我在一旁望着她不言语，她笑着看向我，问："怎么不说话？不是想见我吗？"我笑着回了一句："是啊。"

有很多人都跟我说不要过于沉默寡言，只有她跟我说，"我们站在一起不说话就十分美好"。

时光辗转，某次整理书柜时，意外翻出她给我写的信件。

"留得残荷听雨声"，我和她的信件就像残荷，回忆就像雨滴，日后翻阅之时想来也有别样的乐趣。

晖 剑
宁夏中卫

走

冬日的屋内总是很温暖，但不知为何今天温暖得过分了。

有点烦躁，我脱了一件衣服，似乎还不过瘾，于是我决定出去走走，我又穿上了那件衣服，而且又添了一件。回头看见亮着的台灯，我想先关了再出去。走到灯旁看到桌上翻着的书本，未盖的笔，我想收拾一下再关灯。看向书，台灯的光很暗，我想去找个充电宝，充点电以便回来用。插上电，灯果然亮多了，这让我特别能看清书上的字，几字扫过，我又想写点东西再去。就这样我又坐了下来，但脱完不久，我又热了起来。

一字未写，关灯，穿衣服，出门。

刚一掀开门帘，一股凉爽扑面而来，哈！果然出来是好的。我又走着，脑子没有想去的地方，只仔细地享受着脚底偶踩到的余雪的落感。黑夜灯光不多，但雪很亮，但并不是白色的，是黑色的？我想也许是的。

突然，一束光凭空冒出，只闪了一下便消失了，我没有停，只管走着。不自觉回头，眼睛顿时一亮，黑夜里竟看得见蓝色的天空，很清，很清，清得那弯月很亮，像一条鱼在发呆。收回眼，继续走，不停留。

转过一路，突如其来的尴尬再次阻挠了我，几个又几个的人与我顶面走着，只有我一人在"离去"，他们都有终点，只我"漫无目的"。我有些不甘，胸里憋着一口气似的。但我没停，反而抬起头，大步走着，任凭冷风穿过胸膛。一边走一边深深呼吸着。迎面的人越来越多，而我也失去了一种勇气。虽已是深夜，我装作毫不知情地朝前方走去，假装我也有目的地，挽回了另一种勇气。他们看我，我不管。

穿过最后一块黑暗，我到了"目的地"，不出意外，是黑暗的。得到了我的"东西"，我没有丝毫犹豫转头就走。这一次我"自信"多了，因为，我和许多人一同走着，我的脸上似乎也有了一丝"骄傲"，这次我有了绝对的终点了。但与来时的路完全不同，月也不同，这次天空不只有月，它被光溜溜的树枝分成了无数块。我觉得不好看，只管走。

前面又有了一排光，很淡，但在这冬夜我感到它很有温度。于是我又跟着几个人一同走了过去。靠近，是铁栏杆外的几辆卖小吃的四轮车，每个车前都零星站着几个人，除了最右边的一辆，我走了过去，它是最远的。昏沉的灯光下陈列的是各种烤制、炸制食品。我随便要了一份，那人抬起头，一位妇女。本是低着头，裹着头巾，听见我的声音她似乎很高兴，那脸上的笑容将原本的劳累与愁色一扫而空。看着她眼里的光，一瞬间我的心似是被撞击了一下。我看到她抬头的那一刻，原本暗淡的光突然明亮了起来。我左右看去，现在这儿的光和旁边的光一样亮了。

　　一刹那，我感到一股通透，这光消融了那憋了许久的一口气。

　　这是什么感觉，我不知道，只觉得眼睛明亮了许多。等拿上我的食物，我准备走，但忽然又被外面的他们所吸引，几个外卖小哥，一个提着东西匆忙地走着，一个骑着车默默地经过。在光下，带着光离开了，而这光也跨过冰冷的栏杆，留了一部分给我。

　　我带着这份光，终于看清我的路，看清了雪的颜色。

刘雨萌
上 海

上海的猫

傍晚，我和朋友从电影院走到黄兴公园，路上陆续遇到了十来只猫，有三花、梨花，也有橘猫和白猫。我不免感到惊奇，原来上海有这么多猫，而且这么多猫都没在睡觉。

路过一对坐着休息的夫妇时，他们看到我们在和奶牛猫打招呼，善意地说："还有两只呢，这个是妈妈。""看起来都很乖。"朋友自然地回应道，笨拙的我不知道如何接话，只好露出笑容，说完拜拜才松一口气。

下周就要入梅，猫猫们怎么在漫长的梅雨季里觅食和睡觉呢？我问朋友，他笑着答，这些猫已经在上海够久了，当然知道怎么照顾自己的。

我一下被点醒，是啊，比起它们，我才是初来乍到。在上海待了10个月，我依然不清楚分区和地铁线，所了解的地方不外乎几个美术馆、电影院和剧院，连常熟路和南京西路也摸不清转弯处，唯一熟悉的上海话是公交车的提示音，"xiàyā"。

是什么时候，我感到自己对这个城市熟悉起来了？

大概是在科技影城附近的面馆，等待晚上10点电影开场前的一小时，我吃着再寻常不过的葱油拌面。外面，骑手坐在摩托车上休息，穿白背心的老大爷牵着狗经过，梧桐树上的窗户大开，亮着灯，里面的老式风扇在天花板上呼呼地转，不断有散步的人从面馆经过，几乎都是生活在附近的人，我突然感到这样的场景非常熟悉。

恐怕这才是上海的寻常模样。退去了打卡拍照的游客，男女老少出来散步，或坐在咖啡馆门口聊天。魔都和东方巴黎的名号通通消隐，它终于回归到最简单的形式，一座城市本身，这里的人和其他地方的人一样做生意、吃饭、谈天，在晚风中散步。这里有漂亮和壮观的建筑，也有从阳台伸出的挂满彩色衣裳的晾衣竿。

而一个人，只要在这辽阔的国土上生活了20多年，不论他去往哪座未曾谋面的城市，都会在街角小巷里认出一些不变的符号，是白背心，是一声"来都来了"，也是冬吃萝卜夏食姜。再与猫咪们不期而遇，我终于能像朋友一样放松地打招呼，与人也是。

直到有一天，我从多抓鱼书店出来，往地铁站走，瞥见栅栏里的空地上有一只三花猫，它背对着我静坐，身边是杂草和废弃家具。我试探着唤了一声，猫咪并未转身，除了耳朵微动，连头都不回一下。我反而更好奇，继续叫它，希望能看看它的面孔，可猫咪仍没有回头，安静的背影显得神秘而坚定，成为我印象很深的一只猫。

因为校园里的猫大多数都与它性格相反，它们懒怠亲人，趴在路上一动不动，有的还会露出肚皮，做翻滚状。靠近长风公园的校门边有一片草地，同学告诉我："这里时不时就会长出几只猫。"

"长出？"

"嗯，就是冒出来的意思。"

我点点头，同学无意说出的话，正好是人类与猫咪关系的一道谜底。人们不知道路边的猫到底是从哪里诞生，又在哪里隐匿，尤其是那些只有一面之缘的猫，它们如灵活的隐喻，是真正的城市精灵。

其实我以前也养过猫，它叫煤球，极乖，会趴在深夜的桌角陪我看书，即便将它抱到床上，它仍要跑回书桌来。后来我去上学，煤球便寄养在亲戚家，不等我放暑假，它走丢了。我不免受到打击，在路上看到老奶奶牵着狗，都生出自己怎么能把猫弄丢的念头，一边走一边流着泪，然而无论我怎么自责，煤球终是到我看不见的地方探险去了。

如今过了四年，我来到新的城市，有时候会想，煤球会不会在其他地方成为一只背对着路人的小猫呢。比起同它在一起的时光，我没有太大的变化，现在也只是囫囵吞枣地学习着。古人说日拱一卒，又说日日新，我只发觉这"新"是很慢的，即使是和过去截然不同的今天，生活中也有一种接近恒定的东西。

面对时不时"长出来"的猫，我像过去抚摸煤球一样，对它们伸出了手，同时也有一只更大的手向我伸来，以记忆为名，以上海为形。

蒲虹竹
———
四川成都

伞下时年

"疏花对雨平栏静，芳草和烟古巷深。"几缕烟草微微摇动的小雨，雨中不敢惊动的古巷。迷蒙中，早就在记忆里沾了灰。

小时，喧腾的市集挤得透不过气，小贩敲鼓吆喝，人来人往，我跳动着，一日不停地和几个相识穿梭在繁闹里。直到傍晚太阳沉到屋檐的角，外婆高声呼着我的名字，我才从跳闹中跑出。日夜轮转，日子按了快进，我将要去城里。走的那天晨曦晕开，相识们站在巷子口，我坐着车，他们远去了。

再回来，相识非相识，他们早已经搬走，和那时的欢乐一起。巷子口稀稀落落，却还有顽固的老人坚守着故土。鸟雀不再只停于屋檐，时不时在街上晃荡，也不怕路人的叨扰。以前被大家围起来的二胡小老头儿，终于如他的愿落得几分清净，只有二胡声穿过空旷的街巷。

那时我还会偶尔回去几次，向阿婆讨要几分闲色。时不时一个人走街串巷，把幼年的苦乐追寻。

古巷的深处曾有家世代相传的油纸伞店，我时常去他们家串门，趁着脸熟的劲头还向他们家讨要过一把伞。如今想来，这把伞也成了古巷的半个遗物。有一次，我问他们家的阿爷，世事变迁，也在油纸伞下看遍了千年吧？他躺在竹椅上，从旁边端起一杯午后茶，脸颊的肉推在一起，挤出个意味深长的笑容。那时想，或许有一天，他也曾撑伞漫步在变迁的古巷，蓦然回首，年华老去，物是人非。

后来，又过了很久的后来。那位喜欢喝下午茶的阿爷长辞人间，留下的油纸伞店变成一座堆积的废墟，他的儿子做了医生，自从父亲去世后再没回来。

如今，我终于独自一人撑伞站在巷子口，时光筑起一层透明的屏障，隔开巷子中的你我。雨意磅礴，屏障内却细弱。薄绿风携却枯叶飘零之天，遁入古巷的怀抱，而我像一个孤魂在倾盆大雨中游走，妄图把时间打破。

突然我听见一阵急促的脚步声，和着孩童的嬉闹。我惊喜地抬头张望，眼前只有一个双马尾的女孩，眉眼与我有几分相似。她也撑着一把小小的伞，我惊觉她浑身依旧湿透，甚至半面透明色。赶忙追到巷口，却怎么也进不去，我像被什么东西阻隔。女孩在内巷浅浅注视着我，她眼光闪烁，才明白我早已和她像隔了条奔流的河。她撑起伞侧过头，像别了故人，深深看了我最后一眼，一步也不回头地踏入烟雨古巷。直到最后，我才发觉那是童年的我。

曾经不解诗人的哀愁，到了雨季的磅礴才读懂了张晓风在《一一风荷举》中所诉："湖色千顷，水波是冷的，光阴百代，时间是冷的，然而一把伞，一把紫竹为柄的八十四骨的油纸伞下，有人跟人的聚首，伞下有人世的芳馨，千年修持是一张没有记忆的空白，而伞下的片刻足以传诵千年。"

吴佳偶

上 海

我在左联纪念馆当讲解员

　　我是来自上海市第五十二中学的一名高中生，很荣幸通过选拔成为中国左翼作家联盟成立大会会址纪念馆志愿者之一。服务期间有诸多不易，但都随着经验的积累迎刃而解。担任志愿者的经历让我得到许多成长。

　　左翼文化运动的优良传统成为新中国宣传文化工作的重要精神资源，在社会主义事业中发挥着重要作用。虽然左联五烈士召开秘密会议时不幸被人出卖被捕，但英雄的左翼文化战士的斗争精神和牺牲精神，直到改革开放后的今天，依然是我们对共产党员、广大群众进行革命传统教育的重要思想来源。正所谓，英雄之风扬，赞颂永恒长！

　　犹记刚参加志愿者培训，看到十几页的稿子时，我非常震惊且一度怀疑自己是否能胜任这个岗位。但随着场馆老师的讲解，我逐渐理解每一处陈设的深意，更是产生了想要多了解一些的浓厚兴趣，仿佛这样就能与左联先辈们的思想共鸣。这样的感受是很激动人心的。可真当我自以为背熟了稿子参加考核时，面对一整个团队来听讲解时还是会紧张得捋不清舌头，背后冒汗。现在想来，不过是讲得太少了。此后，我再次回到场馆参加活动时，听到了大学生姐姐讲解，她是那样从容、镇定、自信，忽然发觉我仍有许多提升空间，更有许多榜样值得我学习。

2023年12月，作为学校左联纪念馆志愿者，我由于在服务过程中热心服务观众，坚守志愿岗位，积极参与馆内誓词教育、秩序维护、团队引导等一系列重要工作，表现优异，荣获了由中共四大纪念馆颁发的闪耀新星奖。2024年3月23日，央视来到了中国左翼作家联盟成立大会会址纪念馆，为学校志愿者团队进行了为期一天的拍摄。直到志愿者服务结束，我参观场馆的次数早已不计其数，无论站在哪个点位我都知道此处陈设的历史背景及由来。

以上种种都是我宝贵的经历与收获。作为左联纪念馆志愿者，我会继续在自己的岗位上发挥才能；作为一名青少年，我会提升自身文化素质，增强文化自信，做有理想、有道德、有文化、有纪律的社会主义新青年，为弘扬红色文化贡献一份绵薄之力！

王彦博
山西太原

我与父亲

　　碰巧我今年初三,而父亲的生意也不如往日红火,思前想后,我与父亲决定一起努力,争取更好的生活。

　　于是,从刚开年起,分隔两地的我们总是每天准时通一个电话,一方面交流我们的感想,另一方面也相互激励。

　　学期初始,休息半个月后的第一次执笔显得很吃力,似乎整只胳膊都难以控制。我在电话里有些着急。父亲是个经验丰富的销售,性格很沉稳,他冷静地帮我出了主意,我自然也被他的冷静感染,在接下来几个月里一路过关斩将,模拟考的成绩更是一次比一次高。

　　电话里的父亲,是总在忙碌奔波的。好像每次通话,父亲都会在不同的地方出差。我也曾在电话里劝他注意休息,可他总是表现得很轻松,就好像他对四处奔波的劳累免疫了一样。我知道,他在每一个地方四处奔走时,心中一定是充实的。

　　日子一天天在奋进中过去,随着一次次模拟考试的不断进步,我在电话里的声音总是洋溢着激动和喜悦。而父亲仍然保持着冷静，总是在我进步时提醒我继续前进。不知不觉间，父亲的声音中开始流露出对我的自豪。

二模过后，距离中考的日子已经所剩无几。父亲觉得我压力很大，索性不要求我用学习填满每一天，反而希望我每天保持运动。即将分别，我与同学们昔日隐形的情谊也在这一刻充分显现出来。我逐渐有些忽视了父亲，转而珍惜起这十余天的同学情谊。

中考的第一天，难以避免的焦虑充斥了我的心头。忙碌的父亲专门推掉了所有事情，骑着他的摩托来考点门口看望我，还为我带来他自己做的包子。

后来在第一科语文考试中，有一个问题让我记忆犹新，是"今天考试前你感到最幸福的一件事"，思前想后，我写上了"在进考场前吃到了父亲自己做的包子"。

现在看来，父亲总是以他最大的包容对待我，在背地里支持我。那天早上包子的味道，我恐怕这辈子都会记得。

余裔娇
陕西咸阳

注 定

　　我4岁时，才知有"妈妈"这个称谓存在。我开口的第一句话，是奶奶。

　　我没有母亲，儿时，我总会因这一点在被子里悄悄落泪，湿黏的头发常黏于我的脸颊，不漂亮，很丑。"别哭，丑。"大家的话。

　　我6岁时，曾哽咽地问过奶奶："奶奶，为什么别人都有妈妈，就我没有？"奶奶的困意很深，因为那时她常打牌到深夜。"她卷走了好多钱就跑了，不要你了。"简单的话，不能被小孩子理解，但我好像是理解了，怔愣后，便沉沉睡下，日后再未曾提起。

　　幼儿园时，一次小卷上有道题：爸爸叫什么？妈妈叫什么？奶奶、爷爷叫什么？我在那个特殊的位置停留着，最后用一个孩子，只是孩子所认识的字，写下了：吴守望。

　　不知何时，这份情感被冲刷了，但每当有一点挂钩提起时，我的心仍会四分五裂。

爷爷6年前去世了，奶奶得了重度抑郁症，我的爸爸有精神疾病。我认为这个家要完了，四年级的我认为要完了。

但奶奶很坚强，她用坚强为我筑起了屏障，虽然她读不懂我的破碎。

我并不好看，至少是现在。

每每看到朋友们站在一起，我的心中总会涌起酸涩的羡慕，有时情绪到了，便不想说话，眼泪在试卷上成了无声的笔墨。

那天放学，我没有和她们一起走。我默默跟在队伍后，看着她们欢乐的样子，心中是苦涩，多的是羡慕。我哭了，很小声，低着头，很低，因为很丑，还会更丑。

出了校门，看到奶奶站在电线杆下等我，她瞧见我，绽放出笑容，朝我伸出手，我小跑过去，紧紧握住。这双手，曾经也是干瘪的，而现在，多了一丝老年人独有的"柔软"。握久了，便出了汗，黏黏的很不好受。奶奶轻放开我的手，什么也没说，但是我好想说："不要放开啊。"其实，我也是个孩子嘛。

"今天晚上吃什么呀？"

"我要吃奶泡馍。"

"噢，好。"

奶奶真的很爱我，我也真的很爱奶奶。

也许一切事情冥冥之中早已注定，也许一切的悲哀只是为了更好地向阳而生吧。可我并不伟大，我只是个孩子呀。

奶奶在喝中药，那个味道很苦，但奶奶咕嘟两口下肚，仿佛那是人间美味。"我习惯了。"奶奶笑着。家里养了很多花，这是奶奶用来代替打牌的消遣。

奶奶整日为了要房子东走西走，整日为了我的助学金东奔西跑……

奶奶注定会爱我，我注定会成长。

我只想听"我爱你"三个字,但是很艰难呀,即使是问奶奶:"你爱我吗?"奶奶也只是回答"爱你啊"! 奶奶,加一个"我"吧。

但我愿成为暖阳，为奶奶的花草送去光泽。

孔令辉
吉林长春

长春，长春！

那时，国家百废待兴；那里，万物竞相生长。这座城婀娜多姿地款款走来，为脚下的婴儿输送营养。她深情而又自信，眸子伴着身后机器的巨大轰鸣声望向远方。这座城的春天刚开始，也必将长春，就如其名。

旧时夏夜，总角之年的我伴着姥姥行至桥下。母亲把我托付给她的母亲，我能享无忧之乐，她则受无边之苦。那时的风儿一吹，便把思绪全带走了，只余一个脑袋空空的小呆瓜，身体全凭一颗心控制。它要我去看秧歌戏，央我到胡同里买瓜果吃，我一一从命，春城含笑看着我。

姥姥爱看秧歌戏、二人转，喜听黄梅戏，不时还哼上两句，有段调子我至今还记得。看秧歌戏在夏夜是必备节目。穿着红艳艳、花绿绿戏服的妇女和老头摇着扇子，脚下踩着鼓点。敲鼓的汉子光着膀子，抿着嘴，狠狠地敲打着那张大鼓。一旁一位精瘦的男子鼓着腮帮吹喇叭，身体晃动，旁边还有打镲的，有无敲锣的我记不得了。我站在一旁目不转睛地看，或是跟着节奏乱走，翻几个不伦不类的跟头，眼冒金星仍乐此不疲。秧歌中有一老头，步子摇得最大，又好跳动，姥姥被逗得大笑，说他在"耍虎"。我才不管他虎不虎，我艳羡他用指尖旋起一个扇面的功夫。时间凝固在这一刻。星星点缀的夜幕下，路灯亮着，那是她的眼睛，在她轻柔的呵护下，空中吹着暖黄色的风。好戏散场后的路上，我看到野猫拖着毛尾巴在路边走动。它不怕人，我试探着前冲，它也加快脚步，眼睛眯着，慢悠悠地吊着我。躺在床上，万籁皆寂，唯有汽车低沉的呼啸声。我闭上眼睛，感受着她的声音，她的体温和她的呼吸——熟悉的滋味，我睡着了。

　　一眨眼，窗外的叶子扇动着翅子飘飞，我有了胡楂儿。早饭只由肚子记着，脑子不记得。背上老书包，连带脑子里的东西一起如有人重。枯坐在教室，不时用凉水刺激昏昏的愚颅。老师看着我们，又看看枝头光秃秃的树，犹豫的目光变得坚定："都好好学，外面的世界更精彩，形势更好，好好学，一定要走出去！"老师说着，目光又软了下来，顿了顿，"走出去学成后回来建设家乡。"我好像听到老师的声音里有一丝哽咽，听不太真切。走出去，走了还能回来吗？大家心知肚明，却默不作声。我不想走，就算走，又能到哪里去呢？京城？上海？那里地狭人多，野猫在路上怕是要被唬破胆子，何况我的胆子比不上一只猫。到南方去？北国的动物到南方的，除了候鸟，我不知还有谁，但我不是鸟。可是，若不走……我的眼前浮起了狭窄的陋屋和泛黄的墙壁，我咬牙。她应该不希望我走吧。我怀着希冀望向窗外，她不答，只余落叶沙沙地响，我的眼暗下去。像是发现母亲的皱纹和白发，我头一次发觉，她真的老了，老得开不了口，讲不了话!

　　到了冬天，却像春一样暖。哈尔滨，更北的雪城，竟在冬季时回暖了! 人们蜂拥而至，贡献着自己的体温。雪城有回暖的迹象，我恍惚间看到了她返老还童的样子，可是，就像秧歌戏的乐手已被音响替代，她会不会变得我不认识了。这种怀疑没有来由，甚至八字还没一撇。但是，但是……那个四季如春的她，那个长姐如母的她……就像人们还在跳秧歌舞一样，或许有些东西永远都不会变，比如她的声音、她的体温和她的呼吸。

　　无论如何，冬城必会回春，就如其名。就像尘埃终须落定，寒尽必将春来，长春也终会长春。

邓 尧
广东深圳

贵州的冬天

　　季节更替，落叶纷纷，秋天已经慢慢离去，冬天悄然而至，阳光藏起了四溢的火热，我的老家贵州，已渐渐有了冬天的模样。

　　贵州的冬天不像其他地方的冬天，寒冷冰凉。可能是怕冻坏了这个美丽的城市，贵州的冬天是晴朗的，只会下一些小雪。

　　我最爱的便是家乡的雪景。下雪的时候，点点雪花好像天上的星星散落人间，又好像一个个白色的精灵，在你的肩头跳跃、舞动，带来丝丝冰凉的触感。大树上也点缀着些许白雪，在积雪中还透出点点墨绿或是金黄，叶子上结了一层薄冰，如一层透明的外壳般，让树叶显得更加晶莹剔透。

　　小雪为山镶上了一层银边，给它穿上了半透明的轻纱。连绵起伏的远山在如牛奶般浓稠的雾里若隐若现，再加上灰白的天空，宛如一幅黑白相间的水墨画。

　　贵州的湖在低温下也不会结冰，碧波荡漾的湖水为这寒冷的冬天增添了一分活力与生机。雪后的城镇显得越发可爱了。从屋檐上垂下来一串串晶莹的冰锥，映着一个个光怪陆离的世界。路面上有一些积雪，还结了一层薄薄的冰，好像一面明镜，倒映着上空的蓝天和周围的树。

对住在从不下雪的深圳的我来说，寒假回老家，对雪便十分期盼。一场雪过后，我第一时间跑到院子里，顾不上冷，赤裸着双手捧起一堆雪，堆雪人成了我在冬天的乐趣。

到了冬季，苗族、侗族等贵州的少数民族也迎来节日的高峰期：鼓藏节、苗年、过寒节……无论走进哪个村寨，都能受到热情的款待，品尝糍粑、酸汤鱼的美味，体会长桌宴的壮观。冬季的贵州，也藏着多彩的民族生活。

贵州的冬天像一幅画，描绘着一片银装素裹的世界；贵州的冬天像一首诗，赞颂着雪景的美丽圣洁；贵州的冬天像一支曲，谱写着人们多姿多彩的生活。

徐恩捷
上 海

明月背后的夜空

　　这是一座华丽的都市，曾经是闻名的通商口岸，也是一片宁静祥和的渔村。时间是巧匠，飞驰过这片渺小的土地时，顺便用钢铁巨锤四处猛击。火星迸发四射，齿轮扭转，摩天丛林贪婪生长，侵蚀渔村的腥臭味，横扫一切陈旧之物。于是，我的家乡改头换面，留下皎洁明珠挂在天空，灿烂辉煌。

　　他们说上海是明珠，我说上海是一面银镜，世间百态万物将它们的投影映射在这小小的土地上。他们称繁华靓丽是这里的代名词，我说多元包容才是本质。

　　十六余载，我看到的是新时代的城市：

　　传统和创新融合，陆家嘴和城隍庙错肩而立，高耸楼房和老公房的爱恨情仇，面包咖啡和馒头豆浆的明争暗斗，上海话和普通话的你我呼应……

　　向前看，在这里可以见证世界的尖端科技、展览上的时尚风情、剧院里的悠扬乐章、墙面的涂鸦艺术、路边的新奇美食……但我转过身，回过头，是10元一碗的小馄饨，街边欢快的广场舞，公园里的"老大爷"乐团，隔壁楼里的钟表维修家……繁华绚烂背后是上海本土的烟火气，贴近我们每个上海人的生活。

我生活在上海，看到更多的是普通人的不懈奋斗，外卖小哥的上下爬楼，快递站忙碌收拾的身影，夜幕里办公室的打工人；楼下金黄色的油条香喷喷，路边的生煎包也有酥脆外皮；小区里有一条老黄狗和我打招呼，有"community walk（社区漫步）"的老上海人帮我开门。每个平凡的上海人都在全力生活，也正是这群勤劳勇敢的人构建了上海的基石，承转着上海的底蕴。老洋房里的留声机是上海人的浪漫，但我更钟爱上海的市井气和生命力，这是真正的开放包容，是梧桐树般的温和气息……

夜幕降临，这座不夜之城笼罩在神秘的色彩下，身影变化多端，惹人神往。

第四辑

新呈现

表达之新

文学，是一种表达。

用新鲜的形式来书写，

记录生活的美好。

冯文欣
上 海

四十年回乡

　　40年前，20岁刚出头的她走出弄堂深处的家门。年过六旬的母亲捧着炭炉，目送小女儿的身影渐行渐远，直到被某栋建筑物遮住，再也看不见。那时的上海，楼宇错落参差，好像人们衣服上的补丁，散发着加热隔夜包菜逸出的酸味，公用厨房里锅碗瓢盆碰撞的声音吵闹而又亲切。这是她青春和童年的记忆。

　　她被绿皮火车和弯弯绕绕的铁轨带到一座陌生的城市。同行的姑娘们已经开始为思乡而流泪，只有她依旧精神百倍，想拥抱面前的群山。作为家里最小的女儿，家人的爱护把她养在蜜罐里却也束缚了她，更好的院校甚至是新中国第一批飞行员的选拔都这样从指缝里溜走。所以，现在的她由衷感激工作的分配，带着饱满的热情投入车间的一张张绘图纸中。

　　这所工厂很大，叫第二汽车制造厂，现在它有一个更响亮的名字——东风公司。她不知道自己日复一日描出的图纸究竟有多么神通广大，总之，她的生活是随着国家工业化的步伐蒸蒸日上了。成了家，养育了两个可爱的女儿，大女儿出生正赶上恢复高考，小女儿呱呱坠地时，已是改革春风吹满地。当她把剩下的粮票、酱油票一张张收藏好，背着小女儿去镇上买糖吃的时候，确实感觉有温馨而快慰的春风拂面而来。

在大厂工作，福利待遇自不必说。两个女儿读的都是厂里的子弟学校，周末双双背上木画板去写生，她们幸而能自人生刚刚启蒙时便踏上一条知识改变命运的道路。她想起初中时一次次的满分和刚入学便停课的高中，眼中的一丝羡慕像正待重新燃起的希望。她希望……

"好好念书，学到真本领，做个对国家有用的人。"她这样教导女儿们。

女儿们自是不负她所望。大女儿不仅刻苦且聪明，从湖北30余万高考生中脱颖而出，考入同济大学。小女儿成绩不比姐姐，在外婆一家的支持下，进入上海一家会计所工作。就这样，女儿们比她更早回到上海，那个暌违已久的老故乡。

她坐在黄昏的藤椅上，想着记忆中那座滨海小城。那里正卷起翻天覆地的变化，小城要膨胀成为都市，平房要长高成摩天大厦。弄堂没了，哥哥姐姐分了家，纷纷住进新式公寓，母亲与二哥一家同住。她想自己离家太久了，是40多年；或许也并不久，不过是跨过了一个1978年。

再后来，二汽越做越好，小小的山城已经难以容纳它，它就飞出去，飞去了武汉。夕阳涂上旧工业区的钢铁，像一首被忘掉的老歌。她和丈夫锁了员工公寓的门，把钥匙交给邻居，乘上高铁一路向东南。现在是高铁了，她想起在绿皮火车上打瞌睡的年轻的自己，笑着笑着就出了神。

一家人团聚在上海曲阳一间不到30平方米的小屋子里。折叠式的沙发床，面对着整日唱着歌的彩色液晶屏，遥控器在争抢或推让中流转，《新闻联播》的字正腔圆总是掐断戏曲长长的尾音。

两个女儿各自出去，立业成家，几年后抱来了阿囡，再几年又添一个小外孙。她看这个家也算是儿女双全。她陪着阿囡做剪纸画，买红宝石奶油蛋糕，溜去家附近的公园看天鹅；外孙的童年遇上了更多新奇事物，她听着孩子关于恐龙王国的畅想，默默拾起沙发底下零散的积木。待到两个孩子该回父母身边时，都抱着外婆一个劲儿地哭。她慈爱地揽紧了怀抱，一时竟舍不得说出"好好念书"一类的叮嘱。

那就健康快乐地长大吧。她在心里祝愿。生活会越来越好，一代人更有一代人的幸福。

个体的境遇如何与历史的宏大叙事相联结？大概是，每当听到电视里响起《我和我的祖国》，她，我的外婆，就会泪流满面。

江海涛
重 庆

故乡，还好吗？

黑皮你好：

告诉你一个也好也不好的消息，就在收到你来信的第二天，你的老同学就在鬼门关走了一遭：心肌梗死被抢救过来了。医生说了，再晚来几分钟后果"不堪设想"。在医院清醒后的第一个想法就是等身体好了马上给你写回信。要是咱们的"红卫"厂不下马的话，等这封信转送到大山深处，二哥可能就看不到你的信了。当然了，你侄儿已经说了，要让黑皮叔叔请客，是他的信让老爸激动到住了院。

你在信中说，上个月你们二十几个老同学聚会，大家都在关心我现在怎么样，为什么不回来，由衷地感谢各位老同学的关心。现在除了身体，其他都挺好的。我们这一代人的个人梦想都实现了，有很多还是我们以前想都不敢想的也实现了。住上了高楼大厦电梯房；用上了手机电话，还是智能的；小轿车以前是烧油的，现在也换成电动的了；每个月的退休金吃大鱼大肉都用不完。现在国家好了，退休金每年还要涨，就连我那小孙子都羡慕我们，说自己什么时候也可以不用辛苦读书、在家里拿退休金就好了。被我好好骂了一通。当然，由于历史的原因和地区的差异，重庆的退休金远不如上海，但就像以前我们的班主任说的那样：钱这个东西嘛，多就多用，少就少用。现在每个月的退休金吃穿是用不完的，当然要看你吃什么了。

黑皮，你每次写信都叫我小学时的"雅号"，你别说，自己读起来蛮亲切的呢。可能你和其他同学也一样吧。说起故乡呀，谁会不想呢？有时候做梦都在和你们几个一起钓鱼摸虾呢。说起来还真不好意思，有一次梦见咱们几个同学一起在小河沟里，竟然捞上来十几只又大又肥的大闸蟹，点上一围篝火，吊起一个小铁锅，直接把大闸蟹煮了，也没什么作料，但吃起来那个香啊……

每一个游子都是从故乡走出来的，如同子女从母亲的子宫里走出来一样。脐带剪断了，子女长大了，但血脉里的基因没有变，子女的第一声啼哭永远铭刻在了母亲的记忆深处；母亲的乳汁永远融入了子女的血液之中，永远在每一位游子的心灵深处流动。

可是，故乡可能要永远留在记忆中了。现在每天要接送孙子，天天围着孙子转，就连回忆故乡的时间都少了许多——还没有以前大山沟里我们躺在宿舍的行军床上、听着窗外潺潺山泉声、憧憬回到故乡的时间多。

老同学，故乡是回不去喽，这把老骨头肯定是要埋在他乡了。前几年你嫂子走的时候，我买的就是双人墓。咱们虽然没有那么伟大，但什么"何须马革裹尸还""人生处处桑梓地"的精神还是有的。

　　上一次你回来的时候，我们一起翻山越岭来到了当年工作的地方。青春驻留过的地方已经长成茂密的森林，汗水浇灌过的土地已经开满了各色各样的山花。我们在一起的时候都在问一个问题，就是当年走出繁花似锦的上海来到偏远的大山沟里，来到祖国最需要的地方，我们可曾后悔过？要说没后悔过那是假的，但后悔是一时的，刻在我们骨子里的是无悔的青春年华，是我们与共和国一起奋斗的乐章。无怨无悔是永恒的。

　　前年接到你的消息，我急匆匆回到上海，办理了援内补贴，让你们几个老同学好好"灌了一通"，好像到现在酒还没醒。真的、发自内心地感谢故乡。故乡给每一位身处他乡的游子都发放了慰问金，这在全世界都不太有吧？老同学，收到第一笔援内补贴的那天，我喝醉了……

　　我们是共和国的同龄人，上海和重庆都是我的家乡。黄浦江畔的汽笛声和朝天门的汽笛声同样吹响了祖国巨轮航行的号角。我们每天都幸福地生活在祖国的怀抱里，思念的是同一轮故乡的皎洁明月。

　　现在或许只有我们这一代眼花耳聋的老人还在用"古老"的书信了，等我们这代人走完，也许书信也要进博物馆了。希望我们的书信，是那最后一批，能被博物馆收藏。保重，万安。

　　此致

二哥文忠

七月一日于重庆

阿伟为

黑龙江哈尔滨

观想白发

　　我不诋毁白发，当它们在老年人的额前流泉；也不赞美它们，当它们在年轻人的鬓边凝霜。我只想感叹，在光阴的河流里捞起封了白发的瓶中信，却无法辨别它来自上游、下游还是哪个地方。

　　某一天，我停了下来。匆匆的影子摊平，让我看清了被忽略已久的自己和那些睽视着我的白发。它们就像浓黑森林里野兽幼崽们的眼睛那样危险又警惕。曾经，它们形单影只，如今一窝又一窝。如果把它们看作植物，可怕的不是它们在空间层面从一茎变成了一丛，而是在时间层面从一茎变成了一径。

　　和高中时代的室友说我的白发变多了，她说你原来也是有的。

　　十几岁的我若是长白头发，必然是在准备考试的时候熬了几个大夜，生出的必然是半截白发半截黑发。有人说头发是血液的延伸，那时的我像是以半管心血为饵，用黑色的短竿钓起了细长的银鱼。那时的白发太少，要拔下来，简直像在草丛里寻蚂蚱般考验眼力。捏住了，手不能滑，不然它一蹦就不见了，还可能误伤旁边的草叶。

现在，在醒后的枕头旁边就能毫不费力地眛见它们。梳头发时，它们浑水摸鱼地飘落，姿势却和黑发的完全不同。白发落下的瞬间，是有剑锋划过的。它是被无形的手斩下，因为这道寒芒，你知晓了手的存在，也知道了它的剑有多快。

我的白发如此普通，但我不能写别人的白发。

我曾在22岁时，清晰地感受到呼吸间心脏上的血管变成了白发。十几二十岁的人或许更容易明白这种血液被压力抽出真空，无端被丝丝缕缕扼住，无法连通氧气的感觉。

而现在的我，既能隔着时空冷静地端详那时的我，也能冷淡地看向那些不在意我感受的人，甚至在不知不觉间变成了其中的一个。靠把自己变成木头才能释怀的我，又怎能写通白发的潇洒和豁达？

我的白发毫不特别，但我不敢写别人的白发。

我曾在30岁时，在车站偶遇了一位华发满头的奶奶。她一遍遍说着"你可真小啊，还没我孙子大呢"，又给我讲她的故事。她子孙满堂，各有成就，分隔多地，都很孝顺——铺垫了这么多后，老伴的离世只起了个头，她的头发就颤成了波光，不成句，不成行。

白发是不可能剥离时间属性的。圆满的夕阳在落山后也尽展余晖。这不就是无言的遗憾？

还有一夜白头，少白头，有的天使从出生就披着白色的羽翼……和白发相关的不只是时间的流逝，还有时间的悖论。

我又怎有勇气去探寻雪覆盖的别家屋瓦裂开了怎样的伤？

一些年后，我们身边会有更多的白发。那时的人们会更重视这些白吗？看到世间流云，他们是否会像我一样生出许许多多的想象？

比如头发是种天线，在人和人相顾无言时，用自己的语言交流主人的身体和生活状况。

比如看到落下的头发，无论黑发白发，就像看到被风压倒的粮食，饱满不饱满，都一样心疼。

比如身心灵之路通向黑发，柴米油之路通往白发，人们就像独自玩跷跷板般从此方跑到彼方。

比如有的人的白发是陡而秀的山，侠士于山顶负手而立，对抗着八面来风；而有的人的白发是安而暖的瓷，母亲回忆着生平往事，等待着倦鸟归巢。

比如我的白发，混杂在黑发之中，是野草般的旷野。身在其中，找不到路，我曾想就这样将自己遗忘。

就地躺下，闭上眼睛，白发折射的光滚烫地碾过我的身体。堵上耳朵，一发飘零，从头到脚的距离，竟发出了惊天动地，从过去到未来又到现在，从记忆到幻想又到真实的击破时空的轰响。

于是从疑惑到叹息到释然。这是来自白发的警示，亦是它的祝福。我抬起头，在太阳和月亮的中间，看到的不再是迷雾荒森，而是许许多多，只要我伸出手，就愿意敞开的门。

我不诋毁白发，破碎是生活的一面；不赞美它们，明澈是生命的一面；如今，也不再无视它们，白发是我的一面。且携着它们继续走吧，道阻且长，岁月不败的，是不败岁月的人。

李新章
上 海

洁白的柚子花

　　4岁男童，刚会骑自行车，尤其上瘾。小区东边健康公园300米的环形跑道，便是我陪着外孙子瓜瓜常去骑车的地方。下午3点多，公园人迹寥落。五月的春风吹拂人脸，轻轻的，柔柔的，像透明的丝巾。瓜瓜的自行车在绯红的塑胶跑道上迅跑，如鱼戏水。一圈圈的骑行，让静如止水的公园泛起涟漪。

　　几圈之后，瓜瓜身后响起一阵密集的脚步声，似跟脚的雨点。少顷，一个着粉衫纱裙、穿白色长袜和黑色皮鞋的小女孩，疾风般追了上来，影子似的追随着瓜瓜，两条绵软的马尾辫左右摆动着，甩出一种韧劲。跟跑一圈后，小女孩似乎跑不动了，她停在跑道右边的一棵柚子树下，两手抚着双膝喘着粗气。见女孩子停下，瓜瓜掉转车头往回骑，把自行车停在柚子树下，学着女孩的样子，撑膝喘气。两个并不相识的孩子相视而笑。小女孩一屁股坐在草地上说："我坐在岩浆里了。"瓜瓜坐在她左边应道："这岩浆很黏的，对吗？"女孩笑着说："是的，我们被它黏住了。"

　　柚子树高大而茂密，白色的小花开了一树，眨着星星的眼。花簇间还残留着几颗去年的柚果，橙色的，如休闲的月亮。清风徐来，几片素洁的花瓣从树上飘落，如鸽子的翅膀，停在草地，清新脱俗。肉质的花瓣，狭长的，比瓜瓜的眼睛大一点。瓜瓜拾起一片，放在右眼前，对着天空照着。女孩也拾起一片，学着瓜瓜的样子，对着天空照着。我与女孩的母亲站在柚子树下，微笑着看他俩玩耍。女孩的母亲唤她"燕子"，从与她母亲的闲聊中得知，燕子也是4岁，只比瓜瓜大了一个月。

　　空气中弥漫着柚子花的清香，那种香，很像栀子花的香味，却比栀子花的寡淡，闻着清新、舒爽。"看，我找到一朵白花。"燕子拾起一朵柚子花，四片花瓣，紧抱着中间浅黄的花蕊，像一朵缩小版的白玉兰。瓜瓜开始到处寻找，而散落在草地上的，都是柚子花的单瓣，再没找到整朵的。他看着燕子手里的花说："你能把这朵花送给我吗？"燕子说："你让我玩会儿你的自行车，我就送你花。"

　　于是，燕子在前头骑行，瓜瓜拿着燕子送的柚子花，像举了个灯，在后面跑着，追着，还唱起自编的童谣。见前方有只斑鸠，在跑道上闲庭信步，瓜瓜就唱"鸽子宝宝请小心"。燕子见瓜瓜落她后面追不上了，就唱"瓜瓜你要加油了"。这样你一句我一句的，歌声和欢笑声，在跑道上方飘逸着、环绕着。

　　快乐的时光总是一闪而过。要告别了，俩孩子嬉笑着，幅度很大地挥着手，燕子笑着冲瓜瓜说："再见。"瓜瓜也回了声"再见"。走出一段路了，燕子回过头来朝瓜瓜喊："瓜瓜，明天见。"瓜瓜冲她挥挥手说："明天见。"

　　次日下午3点不到，瓜瓜便催着我，来到昨天与燕子说"明天见"的那个公园。他形单影只地在跑道上骑行，不再欢腾，不再唱自编的童谣，时不时地朝公园的进口处张望。我问他："是不是在等燕子？"他点点头说："燕子说，明天见的。"

骑到那棵柚子树下，瓜瓜停下自行车，坐在满是落花的草地上，清澈的眼睛，望向公园进口的地方。那种眼神，让我幻想出他长大后的样子，突然就十分心疼他。他还那么小，幼小的心灵，如洁白的柚子花般一尘不染。他可能从未遇到过好朋友失信的情况。他还分不清什么是真话，什么是客套话。还不明白有的"再见"，可能就"再也不见"。我走过去，蹲下身子，抚着他的头说："瓜瓜，等那么久了，燕子肯定来不了了，她肯定被更重要的事情缠住了。现在，她肯定很着急，肯定在一个你看不见的地方，说了很多很多你听不到的'对不起'。"

沉默片刻，瓜瓜从地上拾起一朵被风吹落的柚子花，展开笑脸冲我说："大大，快看，我也找到一朵白花。"我展开笑容，认真看着瓜瓜手里的那朵花，四片花瓣，紧抱着中间浅黄的花蕊，像一朵缩小版的白玉兰。它是那么洁白无瑕，就像瓜瓜眼睛里的世界一样，一尘不染。

寒 石

浙江宁波

豌豆近"仙"

仲春时节，豌豆正当鲜。

豆类当中，数豌豆最仙。几宵春雨，满地生意。最先冲破地表的豌豆苗，颤悠悠，绿生生，像两枚蜗牛的触角，又像两朵小小的音符，在春天的阳光、晨露和风雨里颤动。

豌豆苗长"手"大约是三五天后的事。它细若游丝，透着丝丝的绿，像一缕春天的液态空气。它在阳光中静止的姿态，就是一个舞姿的写真或者定格。没有什么它不敢抓的：一树一枝一茎敢抓，一截电杆一根屋柱乃至一堵墙，它也会毫不犹豫扑过来，紧紧卷上、缠住，再不松手。庄稼人最清楚豌豆苗这一德行，在豌豆苗还没长须前，就预先在畦上遍插竹梢或树枝，一株苗一根竹梢或树枝。这样，豌豆苗长舒坦了，庄稼人心里也舒坦了。豌豆畦就像一夜间长出了一片丛林，然后静待勤奋的豌豆苗把这一片片齐头高的丛林爬满、染绿。

在须的引领下，豌豆苗无忌地在丛林里漫游，其柔软的茎、围脖状腋生叶和对对互生的茎叶在丛林里曼舞，完成各自温柔的侵占和美丽的掠夺；绿得像雾，漫得像岚，与晨雾、晚霭或初夏正午的暑气一同构建成一片如仙如梦的氛围。豌豆花由上下两瓣组成，上瓣为互开的一对，像一叶轻盈飘飞的舞蝶，下瓣则单生一瓣，像一滴不慎从笔尖坠下、洇开的墨汁。更神奇的是，上下瓣的花色也截然不同，上瓣如果是白色，下瓣则可能是黑色；上瓣如果是粉、粉红、粉紫色，下瓣则依次可能是玫红、紫蓝和深紫色；下瓣的色泽就像上瓣的结晶或凝华。一朵花本身奇妙地组成一幅动静结合的景致：一叶舞蝶忘情于一朵刚刚绽开的花蕾。繁盛的花事又招徕成群的舞蝶蜜蜂前来采蜜。花开蜂拥蝶舞。当一片一片的豌豆林被真真假假的花、蜂蝶所笼罩时，这样的林子应该有神仙出没，并为之沉醉。

　　青嫩的豌豆荚躲在疏淡的茎叶间，忧郁似有什么心事难与人说。到了立夏，清澈饱满的豌豆就上市了。豌豆荚纤若月牙儿，青葱澄澈，举在阳光下可看出里面一粒粒鼓突的青豆粒儿。青嫩的豌豆荚只合一种吃法，那就是加盐水煮：水开了，再煮两三分钟即可。用高压锅还要省事，气阀一吱，立马离火，在水龙头下冲水释压，开锅，上盘。其时，豌豆荚青绿鲜亮，皮与豆一同软熟，手持荚蒂，唇齿含豆荚缓缓一拉，豆粒与外层鲜嫩的皮层尽留口唇里，手里余一具完整的茎络。

　　没有人不喜欢时令豌豆这一口清鲜，那是一种能够滋润到人心里去的味道，绵而清鲜，嘴里刚刚着味，味蕾已经把这种滋味传遍全身，每一个毛孔、发梢都能感觉、品味到。豆吃了，留下一碗青莹莹的汁，里面饱含青豌豆煮熟过程中释出的营养和滋味，同样不可浪费。我习惯一口气把它喝了，或者放凉了当茶喝，美味不输豆荚本身，是一种纯天然绿色饮品。老爷子好酒，更好一口豌豆下酒。有豌豆霸桌，别的菜都可以忽略。从田里采回一篮鲜豌豆，用高压锅吹熟了，然后盛上一碗黄酒，一口酒一枚豆，就这样吃着喝着，美滋滋可以享用半日，不要太惬意！锅空了，桌前隆起山样的一堆豆壳。

豌豆时令短，过了小满，就渐渐变老，有了豆腥味，更吃不出满口清鲜味道。

顺便说说，天寒时节，想换换口味，可以孵一碟豌豆苗吃。一把豌豆，泡过，在一个垫了湿纸巾的平底盆里发几天，即可得一碟曼妙无比、可爱得让人不忍吃的豌豆苗。一粒朴素圆实的豌豆，完成了华美蜕变，成为一首清美的诗，一幅清奇的画。娉娉婷婷、绿意漫漶的豌豆苗用水焯了，绿得晶莹剔透，撒上蒜末、盐，淋几滴香油；或直接蘸酱吃，让人在苦寒天里体味春天的清甘味道。豌豆苗自发，瞅着豆苗伸手展脚，更有清趣。

豌豆的美是美到骨子里的。其味也是，能鲜到人骨子里，成为一种味觉记忆。当我老了，去乡下租几畦地，种上几畦豌豆，年年有豌豆苗、豌豆荚吃，将是一件多么美好的事！

徐　婧

上　海

小舟心语

　　　　尝于春日游览江南小镇甪直，闻听甪端神兽逸事，有
感而作。　——题记

　　我是这清净无方的江南幽乡中，悠然漂泊的一叶舟。尚
未喧嚣的晨曦中，我冥想。我喜欢这个小镇，近乎痴狂地喜欢，
因为恐怕没有一舟不会迷恋这幽幽的水痕。也完全不出所料，
小镇的美好随着人群的熙攘越发流露出来。黑头发，又或者
蓝眼睛，他们来到这里，为了一个共同的名字——甪直。

　　来来往往，纷纷扰扰，但是有时我确实也会有孤独的感觉。
我不知道自己从何处来，也不知道是何时来到这里，或者我
究竟遇见过谁，又活在谁的记忆里。这里，我只认识一个人，
一个很特别的人——甪端。

　　那时小镇上并不如现在人多。甪端是不爱说话的，我也
不清楚他几时来到这个小镇，如同我自己，总之是很久，很
难追溯。镇上的人说他可以日行一万八千里，镇上的人也说

他懂得四方语言，或者他还知道远方之事。

傍晚，他常常趁着兴起，也会告诉我一些我从来没有听闻过的事，比如说征战，总之是很遥远的事。用端生得很是威武，但是有时看着他的时候，觉得他的内心可能如同大树一样，伤痛越深，疤痕就越坚固，内心也就越坚强。

他从来没有和我说过他的身世，也没有告诉我为何会来到这里，但是我能隐隐地感受到，他始终张望的是某一个方向。也许那是他来的地方。

小镇喧闹起来了，用端却越来越安静。夜阑人静时，我习惯地注视着他的背影，他始终蹲坐，凝视着前方，姿容安详，宛若王者，傲然于世，再多的纷杂似乎也不能影响到他，镇定之操果然要从繁华境上堪过。无论自己肩负着多么深刻的伤痛，始终不会放弃自己的守护职责。

他对我说过的话不多。但是我记得他说过不记得自己从哪里来没有关系，要记得自己想去哪里。他也教会我四个字：逆水行舟。为自己选择一条很艰难的路，苦乐自知，得失自觉。

闲暇时，我也常常会绕过一个大宅子，望着那高高的门第，颇有几分"庭院深深深几许"的意味，当然免不了会听到当地的老人讲述一些陈年的逸事，这个宅子以前不知道是否也很出名，只是听说后来宅子主人的孙女俨然一个明星的模样了，去了香港，确有几分脱俗的样子。不知道她是否回来看过，只是偶尔路过宅子，我会记挂起她，不知她身上是否也具备了用直人特有的灵性与坚韧。

似水年华，浮光掠影中，我渐渐留意起这样一个人，她总是梳髻髻头，扎包头巾，穿拼接衫、拼裆裤、束裙裙，着绣花

鞋，她的手总是如此粗糙，却又温暖有力，她的脸上总是刻着
被风刮过的红晕，长得不好看，可是有她在身边，我就会很安心，
偶尔的风浪也不过是过眼云烟。我喜欢听她唱歌，虽然歌声只
是嘹亮，却充斥着悲欢离合。影影绰绰中，陪伴着小镇，一天
又一天。

　　阳光真的明媚，我又可以亲近那幽幽的绿水。人生在世不
称意，明朝散发弄扁舟。累了，却不可以停歇，虽然不曾夜泊
枫桥，虽然也未闻寒山寺的钟声，但是我知道我会沿着苏杭运
河，离开这鱼米之乡，去看那远方的城。

　　夕阳西下，女人们渐次收拾回家，而我依旧停泊在那一泓
碧波之中，一切似乎都没有改变。但"长风破浪会有时，直挂
云帆济沧海"，那是我作为一舟的心愿，也是一舟的宿命。

淑 德
山西阳泉

完美的日子

早上6点，轻轻划过手机屏幕，关上闹铃，她开始起床。

拉开窗帘，红彤彤的阳光一下子涌进窗来，房间顿时明媚起来，人抑或是房屋，立刻充满了生气和活力。大概是窗户朝东的缘故吧。

新的一天来到了。

推开父亲的房门，老人家早已坐在床边的椅子上。她先过去关床头灯，同时听到父亲日复一日，也是最关心的问题。

父亲："昨晚睡得好不好？"

她："还行。爸，你睡得好吗？"

这是她和父亲一天对话的开始，是当天生活的前奏。对父亲的回答，她要么给予鼓励，要么循循善诱对症下药。

她拿起血压带绑在父亲的胳膊上，连接上血压计，按下开关键，给父亲量血压（大部分的早晨，父亲的血压正常）。血压计报出血压与脉率数值，她便收起血压仪，拿出指夹式脉搏血氧仪，夹住一个手指测指脉氧。最后拿出血糖仪，安装好一次性采血试条及采血针，消毒采血，完成餐前血糖测试。这是每天早晨的必做题。根据指脉氧的数值，确定父亲吸氧气的次数或时间；根据血糖值观察血糖控制情况，及时调整饮食结构等。

紧接着，整理床铺，拖地，做她和父亲的早餐……

吃早饭时，父亲问她："南阳诸葛庐，西蜀子云亭。'子云'是谁？我想不起来了。"

她："子云的子是哪个字？"

父亲："孔子的子。"

她知道，自己那点"文化"底子是不及90岁父亲的。赶紧"百度"。

"南阳诸葛庐，西蜀子云亭"是《陋室铭》中的句子。"子云"指的是西汉时期的文学家、辞赋家杨雄。

　　杨雄，字子云，出生于西汉蜀郡成都（今四川成都郫县友爱镇）。好学不倦，尤其擅长辞赋，是继司马相如之后西汉最著名的辞赋家之一。子云亭是为了纪念杨雄而建造的，在绵阳城区的西山风景区。

父亲露出满意的笑容。"和诸葛亮相提并论，可见杨雄在刘禹锡心中的地位还是很高的。"

接着父亲感慨道："有这个网可真方便啊！"

当她从菜市场回来时，父亲依旧坐在客厅的椅子上，头低着，眼睛闭着。桌上的手机依然播放着时事新闻视频。

她："爸，楼下粮油店的老板娘学拉二胡呢。"

父亲："在哪里？"

她："在巷口的街心小花园。"

父亲："就她吗，还有些什么人？"

她："七八个人呢，都是老头儿老太太。学校那个单老师教嘞。"

父亲笑盈盈地说："这就对啦，老板娘也该干点自己喜欢的事啦！"

她："给我姐打电话了？"

父亲："哦，没有。我现在打！"

父亲的语气里有一丝慌张，就好像小学生天天按时交作业，有一天突然忘了似的。

父亲："大宝，做什么呢？……我好。血压血糖正常，也拉啦……好，好，那我挂了。"

中午，她给父亲焖了米饭，做了葱头青椒炒肉丝和油焖茭白。退休七年多了，她的厨艺渐渐地有了些进步。这从父亲进食的"量"就可以直观地看出。

父亲："咱这儿北方也卖茭白？"

她："嗯，咱这儿也有卖的。不过今天吃的是孩儿从杭州寄回来的。"

父亲："啊噢。上有天堂，下有苏杭。杭州好地方。"

收拾餐桌时，父亲看着她说："以前有个女同事，也是杭州的。有一天，她跑过来说：'我想跟你结婚……不然，我去新疆支援边疆建设啦。'"

她逗父亲："那你咋不跟人家结婚？"

"我那时候正跟你妈谈恋爱呢。"

"后来呢？"

"没过几天，那女同事还真去新疆生产建设兵团了。不知现在还在不在……"

下午，她边给父亲续茶，边由衷地说："爸，你那女同事，还真是敢想敢干，豪情满怀啊！"

父亲看着她："我们也是有理想的一代人啊！那时候，不光那个同事，好多人都是想着'到祖国最需要的地方去'的。我们的同事，有的去了青海，有的去了内蒙古，还有的去了北大荒……"

晚饭后，照例给父亲排药，量血压，擦身洗脚。父亲坐在床边，津津有味，自言自语："三上北高峰，杭州一望空。飞凤亭边树，桃花岭上风。……犹记当时烽火里，九死一生如昨，九死一生如昨……"

回头看一眼父亲，轻轻为他带上房门。

朱王元
上 海

城市律动

黄梅天一过，暑热铺展开来，梧桐间蝉鸣如沸。我试图学习卡尔维诺，将细密的街道交通当作城市的经脉与血管，人文则是它的呼吸、它轻柔的哼唱。

和　弦

去社区理发店剪发，老板娘搁在桌上的手机播着小说。听到剧情跌宕紧张处，我几乎忘了自己在理发，老板娘却不能忘，于是暂时搁置闲聊，伴着铿铿的剪发声、角落里的空调声和等客细微的戳手机声，几经波折的章节迎来了落幕。

听书不同于听说书，所播放的书籍范围更广，读书人也不必先成为专业播音员或知名说书人，故而可以听到天南地北各处口音。听AI文字转语音时，我眼耳都不得闲，听到诘屈处还要偏头看看它到底读了些啥。从纸媒到屏幕，从无声到有声，阅读载体和形式发生了变化，不变的是小说里城市的万种风情和非虚构里的百态人生，如和弦般相得益彰。近来听读《繁花》作者金宇澄摘非虚构《柳兆薰日记》里的句子，柳躲避战乱而到上海，抄经、扫雪、粥后读词、拂拭燕泥雀巢，颇有生活情态，听到160年前"上洋（上海）繁华如故，屋价极昂，居之亦颇不易"又让人不禁莞尔。

休 止

2014年，参加了黄浦图书馆组织的《繁花》读书会，彼时《繁花》一书阅读热刚起，文友们撰写书评畅言笔思意犹未尽，与金宇澄老师畅谈沪语写作和小说取材。10年，足以将一部优秀的小说搬上荧幕，足以让人阅尽城市的蝶变更新，也足以见证平凡生命从青涩到成熟的蜕变。只消一张朋友圈旧照，便可唤醒十年前的记忆。

张爱玲在《到底是上海人》里写："上海人之'通'并不限于文理清顺、世故练达，到处我们可以找到真正的性灵文字。"城市与作品如现实与镜像相互映照，今昔交织。游客与"老克勒"都会循着《繁花》里蓓蒂和阿宝居住过的石库门，或是沿繁花似锦的黄河路漫步，或是去"至真园"的原型下馆子，寻觅老上海的点点滴滴。也会费力探究20世纪90年代的人没有手机怎么买的机票；回忆那个揣着黑胶唱片却没有播放机的亲眷又去哪里听了心爱的唱片……一时竟不得，一时竟语塞。蹁跹思绪像是碰到了五线谱上的休止符，记录的意义此刻终于凸显出来——记录与书写，也许是为了抵抗忘却与失去。现如今手机拍摄和截屏早已成为人们记忆触角的延伸，悉心调节的光影、角度和"美颜"也成了日常生活的注脚。再有人问这样高难度的问题，我们就让他等一等，然后去线上相册里打捞记忆。

重　奏

近日忽闻位于乍浦路的"酱园弄墙"已被拆除，此前作为电影拍摄背景的它还是一处"网红打卡点"，与马路对面"合昌号商行"等做旧的老店招相顾，似诉说着新昌路尘封多年的往事。每天打开手机连上网络，许多"打卡地"涌入眼帘，使人不由得怀疑：我真的了解这座生活了数十年的城市吗？岁月流变总要借由物象来提示，于是各种"城市考古"和城市漫步（city walk）应运而生。人们不再满足于在武康路大楼前留下合影、不再满足于机械地"拍照打卡"来证明自己"在场"，而是试图穿越时空的隧道追溯一条街的历史，丈量城市的脚步声，交织出一曲多声部的重奏，探寻着建筑和路名背后的故事，而老故事又以新方式被演绎着，一步一诗。

镇番卫
山东东营

弟弟的留言条

赶飞机、坐大巴、打出租，他一路风尘赶到老家的时候，已经是下午5:26。

弟弟出差的命令很急，3个小时前他已经出发去省厅报到，所以他和弟弟没能在老家碰面。弟弟在电话里说最近母亲情况很不稳定，为他写了一张留言条，就放在母亲房间的抽屉里。嘱咐他不要担心，如遇意外，按照留言条上的步骤去做就行了。

他进门的时候母亲挣扎着坐起来。10个月没见，母亲越发瘦弱了，满头白发，皱纹深刻，看上去只有60斤的样子。他走过去轻轻地抱住了骨瘦如柴的母亲，母亲哭了，他也哭了，站在旁边的邱妈也哭了。

晚饭是邱妈做的，母亲只吃了两小口面，喝了三分之一碗汤。他轻轻地搂扶着母亲躺下，弓着腰坐在母亲身侧，握着母亲皮包骨头的手，和母亲聊聊家长里短。8点多的时候，母亲已经双眼紧闭、鼻息均匀，他小心地盖好被子伺候着母亲睡了。

他蹑手蹑脚下床，拉开抽屉，看到了弟弟的留言条。这是一张A4纸，上面密密麻麻写满了蝇头小字。可能是因为时间仓促，字迹有点潦草。留言条上写道：

母亲身体最近很不稳定，随时可能有很坏的情况发生，因此将主要事项归纳如下，请哥一定多读记住，并随时带在身上：

一、重大事项。如果母亲突然发生生命危险等重大情况，请按以下步骤处理：

1. 第一时间给××医院张××院长打电话，××医院离妈家最近，抢救最及时。院长张××是我同学，我已经提前跟他交代过了，他会尽力帮我们安排。他手机1399535××××，办公室电话8522××××，家庭座机8256××××。

2. 给××医院张×打电话，他是内科专家，咱妈多次去他那里看病，妈的情况他最了解，救护车、住院手续、医疗器械等他都会帮忙办理。他手机13905935××××，办公室电话8514××××，家庭座机8533××××。

3. 钱和卡都在妈的枕头下面，应该能应付暂时的抢救治疗费用，记住，去医院前一定要带上钱和卡。如不够，请张主任签字，先欠着，等我回来再去办理。

4. 然后赶紧给我打电话，我会争取第一时间赶回来。

二、次要情况：

1. 感冒。母亲身体很弱，动不动就感冒，如果母亲感冒，给××医院张××院长打电话，他会来家里看病。或打吊瓶或开药，这个由他全权处理。

2. 胃疼。母亲的胃病是老病了，如果胃疼的情况出现，请速将舒胃片和感冒灵一起让妈用温水服用。舒胃片一次两片，感冒灵一次一袋或两袋。虽然感冒灵是治感冒的药，但是对妈的胃病治疗很有效果。

3. 心悸和心绞痛。如遇这种情况，请让妈服用速效救心丸，一次一粒，最好不要连续服用。如果情况好转，就不要再服用。

4. 呼吸困难。当妈呼吸困难的时候，速将制氧机打开，让妈赶紧吸氧。吸氧不宜过多，不能超过5分钟，因为氧气会过多消耗妈体内的营养。

5. 睡觉困难。如果妈晚上睡不着觉，请轻轻地揉搓妈的双脚，给她讲一些你的事情或者轻松的故事，这样妈就能安睡，我几乎天天这样做，对妈的睡眠很有帮助。

三、药物。妈吃的药物我都集中存放在床边的写字台抽屉里，第一个抽屉是感冒药，第二个抽屉是舒胃片等胃药，第三个抽屉是速效救心丸，第四个抽屉是治理大便不通的西药和中药，第五个抽屉是其他用药。上面都有明确的标注，如遇情况，务请按照说明服用。

此时的他，已经泪流满面。

20年来，弟弟先是送走了父亲，照顾着体弱多病的母亲。一直到今天，似乎对弟弟来说，任何一句感谢的话，都是另外一种虚情假意。

他轻轻地折上留言条，擦了擦眼角的泪滴，回头看看已经熟睡的母亲。母亲脸色苍白，没有一丝血色，但是平静而安详，甚至嘴角溢出一丝微笑。

　　夜色如漆，天籁静寂，有风轻拂院子里的枣树，枣叶在夜色中轻轻作响。

吕忠富
———
四川攀枝花

风　筝

　　爷爷从不提他，沉默大半辈子在地里耕耘，把最好的时光献给土地。爷爷有一只风筝，舍不得飞，舍不得乱放，如今爷爷最喜欢的风筝飞去哪儿了？

　　A城的江水如一条绿丝带，拂过两岸。柳树微微摇，蝴蝶沉沉伴花眠。一座座灰色、白色、红色的盒子推开森林，嵌合进山谷板块。盒子越来越多，被称作城市。四面八方的风筝被盒子生吞，让太阳永不落。汽车、智能手机、平板……风正从盒子里吹起，风筝该何去何从？

　　任风狂吹又如何，风筝咬定青山不放松。风筝留下一段话供后辈学习。打个比方，世界是空白的，我们是一个又一个探路石。吃的，喝的，用的，全是前面的人一步一个脚印探索出来的。要从咱们这儿算起，若是坏了这个规矩，久而久之，路可不就被堵死了，还有啥飞头呢？假如我们都拿出一点决心，风来时，甘心当探路石，留下点东西给后面的。我这样，你这样，大家都这样，后辈尊重前辈，他们起飞也不会太磕绊。世界渐渐丰富，也不会太空落落的。

上班族B睁开眼睛起床，呼叫手机语音助手安排一天的行程。收到老板的任务，写一份工作心得总结，B利用软件快速完成，同时手机提示今日天气情况和公交车到站时间，自动提示须带的物品。这份力量叫作AI。新的风开始起航。大家一窝蜂全冲上去，想与风共舞，不想被风抛弃。一只风筝说："风随时都在变，大家无时无刻不在冲。慢了一点，相较之下是退步。我得抓紧，与时间赛跑。"风有时候很慢，可以安心看白云静止不动半天，一只不知名的小鸟滑过。再等滚滚太阳落下山顶在另外一边冉冉升起，洒下金光，与风诉说山谷的秘密。但风也可以特别快，某天孩子还未来得及跟妈妈说风太大了，还未收的衣服就再也回不到家里。很不幸，风筝这次遇到的风特别快，一地风筝成千上万。他选择抱团取暖，一起面对风的考验。

爷爷问我看过芒果花没，我说："那是什么？没看过。"爷爷带我走过阡陌，绕过水渠。忽地，一团团，一稠风，分不清界限，耳朵被拍打得欢呼雀跃，闻到清甜的芒果花香，里面还有蝴蝶不知从何处带来的花香，混在一起，我忘记时间流动。我奔跑往前冲，一眼看到绿海水随风摇动，一团黄花连接蓝色天空，与云共同欢舞。跳起来伸手一抓，黄云软软碎了一地。这时，他出现在爷爷面前。两人什么话也未说，直愣愣对视，风突然大起来，我的眼睛在黄和绿间杂乱迷惑。我看见爷爷眼角处有滴泪在发光，泪滴转身跟风走了。他紧绷的脸色软和成湿土，朝向我走来说："没想到你都这么大了呀！我是你伯父。"

后来，风筝回到爷爷手里。山村来了许多车子把数不尽的芒果运出大山。

张 艳
北 京

时间的暗语

高空之上，飞机以每小时700公里的速度飞行。白云大朵，悬在身下，仿佛伸手可摘。下视，云缝间，依稀是山川大地，河流楼厦，像是看地图。一格一格，越变越小。

与世界的疏离感，再没有比乘坐飞机时强烈。机舱内很安静，没有电子设备的干扰，大家都没有。一份报纸，一本书，偶尔发出沙沙的翻动声。也有看手机的，飞行模式下浏览。手机设置的这个飞行模式很形象，飞行的小图标，轻轻一点，变成蓝色。

乘高铁，则不同。车厢像一艘情绪波涌的船，语音视频聊天，网剧激烈，微博热闹，当然也有靠在椅背上闭目养神、岿然不动的。耳机一塞，每个座位又像一个小天地，各成方林。

北京到沧州，58分钟即可抵达，手拿一本《跨越式成长》，翻一翻也就到家了，也未必读，但拿着才踏实。为了梦想，重新选择了写作的道路，奔波在北京城，或出差别地，乘或快或慢的交通工具，在飞机上，在地铁上，在高铁上……

车行25分钟后，停靠天津站，闪过匆匆提着背包的身影，随即又有人上来，坐在刚刚空下来的位子上。

旁边换了乘客，我示意他进到靠窗的位子，我下站就到了。车又启动，窗外掠过大片麦田，北中原的主色调。春深麦浪涌，再有一个多月，麦子将黄熟。一想，随即嘴里有麦香阵阵，挑动味蕾。

有想高歌一曲的冲动，发微信给仍然在老家种地守田的大姐，麦收后，先要磨一袋新面，再手擀一笸箩面条，等我回家吃，那时，正是我的生日。

车轮抓着铁轨在前方拐了一个弯，似巨大的刀子切开田野，时速飙升到300码。今天的车有些急躁，声音里夹杂着一去不返的决绝。一辆相向的"复兴号"急头白脸过来，车轮的摩擦声，机车的轰鸣声，两车交汇又错过时产生的风声，呼啸着，鼓动着耳膜，车厢轰地一抖，把人拉回现实。

我家还住在火车道边时，每当火车通过，房子都跟着颤动。那时的火车慢，绿皮车，咣当咣当，装着童年的梦，载着少年的懵懂，成为记忆中清晰又模糊的影像。那晃悠悠的慢时光啊，而今再也回不去了，回不去了。

想想，我为什么要写作？我为何选择这个职业？20年前，我的作文第一次上了报纸，开心得双手捧着报纸一遍遍看；10年前，文字第一次上期刊，因字数不足量，编辑让我加了"外一篇"，两篇文凑了6000字；5年前，自然投稿被一家刊物采用，我又回到20年前发小文的兴奋中，重拾信心，在文学之路上马不停蹄。我当然知道我的文字离佳作有距离，焦虑没有长进，越用力越做不好。

也焦虑韶华易逝。过了40岁，我不愿再跟外人报年龄，可是，一年一年，倏地过去了。那时，过年吃饺子，盼着吃到母亲精心清洗好包进里面的一枚硬币。母亲说，吃到的那个人，一年里都有好运气。我写，当我"当啷"一声把硬币吐到桌上时，我就长了一岁。

硬币吐落桌上的声音犹在耳，人生却义无反顾赶往下半程。

母亲有句挂在嘴边的话：慢慢就好了。看我急急进家门，她轻声嗔怪：慢慢的；我学习差，她的鼓励总是替代批评：慢慢就好了。母亲识字不多，所以她认为女儿已经识了那么多字，比她强；我刚成家时，日子紧巴，母亲安慰：慢慢就好了。

"慢慢"是多长？可能是几天、几月、几年，也可能是长长的一生。

手中拿的《跨越式成长》是册励志性读本，腰封的一句"每一个人都可以脱胎换骨"击中了我。无论生活怎样的一地鸡毛，阻止不了我努力做一个自由而正直、宽容而独立的人。自由、正直、宽容、独立，会决定我的文字是善的。

邻座轻轻摇了摇我，提醒我马上到站了。感受到陌生人的细心和善意，一面之缘，竟有温暖涌上心头。便捷的交通工具缩短了空间距离，却不会阻碍人与人之间的友善。

向他致谢。眼睛看向前方。我们的眼睛长在前面真好，它们似一对暗语：别回头，时间以它自己的方式来掌控生活。

牛　斌
上　海

文字游戏

　　这封信写得的确有些艰难。

　　凌晨1点钟，我趴在被窝里用牙咬住细小的电筒，信纸铺在凹凸不平的被褥上，稍一用力笔尖就能刺出一个幽深的洞，像电报员摁下一个暂停键。耳边传来战友此起彼伏的鼾声，这是训作了一天的呼应。窗外是连队的大池塘，蛙声短暂而密集，我又隐隐听到轻微的脚步声，在查铺！一瞬间我趴在信纸上，脑海里却接着写下一句话："慧，这是我给你写的第十二封信"。

　　10点钟，在熄灯一个小时后，我照例蒙在被子里写信，却没听到班长查铺的脚步声。被角里闪现的光在黑暗中异常明显，班长拍了拍我翘起的屁股，上铺的另一个战友咻咻地笑。我用电筒晃了一下班长的脸，又赶紧关上。黑暗中我感到他把手伸过来，把电筒拿走，又把信纸抽走，说："这么会写，明天记得检讨交给我。"

　　我肚子里接着打腹稿。慧的生日就要到了，我想给她寄20封信，以此纪念她的20岁生日。脑子里又突然跳出来明天的检讨，或者可以恶作剧一下写成诗歌。但班长的威严还在，万一他让我在班务会的时候读出来。在这样的交错中，我迷迷糊糊到了凌晨1点醒来，从被褥下翻出第二支电筒和几张信纸，清醒而安然。

这是一个极其老土的故事。高中毕业我去当了兵，慧考上了大学，我和她鸿雁传书好几年，却一次都没有见过面。部队里每天就是训练和上课，写信在晚饭后有一个小时，但不够我用，我还要读大量的书。因为慧读的是中文系，她信中偶尔提及一些诗人或者作家，我都会请求班长外出时帮我买畅销的书，而且尝试写诗。从普希金的"我曾经爱过你，爱情，也许在我的心灵里还没有完全消亡"，到郑敏的"静默。静默。历史也不过是脚下一条流去的小河……"，由此衍生出一些尝试蜕变的语言，现在看来如此苍白，但慧一直说我是个有天分的人。

这可能是我们一直往来的理由。有时候我一边握着钢枪，一边内心柔软到"我是一片认真的雪，趴在你的肩头哭泣"，这甚至让我想起海子，我把这些涌动的句子记在掌心，晚上趴在被窝再誊抄在信纸里。

慧说："我们来做文字游戏吧，你听说过shmily吗？"她在信中用大段文字来描述这个相濡以沫的故事。这应该是憧憬，也有一些鼓励和少许的浪漫气息。我在池塘边采摘了不少红色枫叶，叶柄纤细，叶脉簇燃。先是放在笔记本里风干，再轻轻在上面写"shmily"，厚厚的信纸三折，夹在其中，像是风干的爱情。

一开始这些字母只在信件中出现，后来慢慢延伸到信封上，这些细节大多数人不注意，但懂的人看到了自然会心一笑。幸福在收到信件的那一刻就开始蔓延了。

文字游戏后来逐渐升级，很多带有感情色彩的唐诗、宋词都成了我们"纤云弄巧"的一部分。像她生日寄过去的20封信，我在每封信的右上角写了一个字，合起来正是王维的那首《相思》，以此来标注打开阅读的顺序。我为这些小伎俩暗自得意，也相信她能读得懂那些风花雪月。

这些往事至今记忆犹新，是因为它们都消失了。时代的变迁总会带来一些新奇，也带走一部分刻骨铭心。就像一个人在海边行走，他的脚印绵长而清晰，而一阵浪潮涌来，那些足迹就成了永恒。我早就忘了信中的内容，或者某句像烟嘴在黑暗中燃烧后的承诺。也有习惯的延续，至今我的床头都还放着里尔克和博尔赫斯，保持着思维的瞬间跳跃，把偶得的一句"从云层中分娩出一些日子，有时阴晴，有时想你"记在备忘录中。诗歌甚至成了我生活和信仰的一部分。

多年后我们在某个偶然的机会相遇，遗忘成了主题。我们保持距离，点头示意，微笑离场。而我又似乎回到了那个深夜里拱在被窝里写信的瞬间，我意识到戛然而止是最美好的纪念方式，这一点是我们从文字游戏里提取到的最终默契。另一个念想却又复涌而来，那些踽踽独行的信还在吗？那些刻在枫叶上的字母还在闪烁吗？尘封是另一个轻盈的话题。

See How Much I Love You，致敬青春。

毛 眉
新疆昌吉

天山以北

一开始,人对故乡的审视,都是一种身处局限里的灵魂挣扎。

我生存的地方,是被三条山脉夹住的两个盆地,是被戈壁沙漠不断围攻着的一块小小绿洲,这,常常让人生出世界尽头冷酷仙境的末路感……

我在天山北坡的生活,部分在空中,那是云的疾走,风的嘶吼;部分在大地,准噶尔盆地的荆棘中,惊慌的兔子,古尔班通古特沙漠里,胡杨树洞里的那些精灵,它们一起,都步行前来,而我,又正好在那里。

我奇怪,为什么我以这种方式写作,而没有感觉到另一种方式?为什么周围的事物,以那种方式发生?

从最高到至微,我在它所有的元素中不断打转,头晕目眩,该如何,把故乡的经历,排成一条发生学的系列?

当然,知道答案的人不是我。

对故乡的发现,有一个递进的过程。

一点点深入那些美丽的递进,慢慢摸索那些暗中递进的台阶，一点点摸索着拐弯，就像哲人认为的那样：美，是对关系的感觉。天山的坡度，坡度上的排列，排列里的秩序，秩序里的递进，我尽情地凝视暗中的一切。这种凝视，能让人经受住绝望，当美好的生活显现之前。

无论从左到右读，从天山到盆地，还是从右到左读，从盆地到天山，全神贯注于那个世界里的所有构件。

那些东西，一天一天地积累起来，综合起来，滑入万物，再呈现出来，蜕变，在不自觉中完成，那，注定是个漫长的过程。

我试着，一次次检视自己的局限性，承担命运分配给我的那一部分责任：寻觅语言，描绘地貌，诉说热爱。因为相信我的一切性格是由这里的一切采集而成的，它有沙漠的渴望，雪莲的透明，石人的等待，胡杨的枯竭……这些东西，就像太阳和空气一样永恒，全都在我的周围，在它们本源的地方，哑默地，组成了一个沉默委员会，静等着我。

我开始相信，重要的事情只能通过非常缓慢的过程来实现。

像泰戈尔的诗：我要唱的歌还没有唱出，每日里我都在调理着弦索。——那是一种漫长的未完成状态。

但等待我的那些事物，不会一直保持暗哑，它们一定焦灼地，渴望着表达。

渴望表达什么呢？

也许，每一个地域心灵，必须自己亲自查看整个地域，必须在私人经验、私人遭遇中证实它们？

我用绿洲的沃土、戈壁的石子，用这个世界里所有的东西，按照家乡的样子，去捏一个地球，做成一个全世界。

在我的天性中，能充沛地感受到故乡每件事物，它阻止我过于现实、平凡地书写。

现在知道，写得好与坏，并不取决于知识的多寡，而是贯通这些知识的能力，那种能力叫爱。

我爱天山北坡的牧羊人，爱绿洲上的果农，爱戈壁上的采矿人，爱新疆南北那些手工艺人，打馕的、打铁的、打鼓的、擀毡的、编织的、制琴的……不管他们是什么民族，穿什么服装。我生于多民族杂居地，在维吾尔人家的院里跳皮筋，吃从树上晃下来的果子，落得个果子酸酸软齿牙；在哈萨克毡房里讨一瓶奶，顺手再掖几块酸奶疙瘩，一转身还会和人家的孩子打得不可开交……

我对故土的地貌有一种直接的需要，以至于把天山北坡作为自己的脸相，非把自己的身心与它契合，契合得如同再次合成一副肝胆，与他生成一双左右手、一双翅膀，甚至一副枷锁。

此行，我沿着它的骨架与穴位，再走一趟。

当我回头，看到所有写下的最不伦不类的思想，都在这片无与伦比的土地上，自动汇集、混搭，联系在一起，它们同属一处山水。

我只是寄希望于打开它通向世界的路，让世界成为地域的一部分，并且，再次返回，让自己成为世界的一部分。

孙立伟
河北保定

文心雕龙记

爱，不见得是眼里放光。

爱，有时候是手心攥汗。

是这样的，我，我感觉自己是爱文字的人，由此延展，延展的路上次第花开——爱文学，爱文学经典。

如果，我是说如果我的眼里放光，同时，我的手心攥汗，那么，您不用怀疑，我爱上了您。

其实，这个您应该是带引号的您，不过，不带引号也许读起来更亲切。

真文心雕龙

翻阅就可以知道，《文心雕龙》一书，是南北朝文学理论大家刘勰呕心沥血的经典之作，我挑灯夜读，有不少次。每一次翻阅都有新感觉，每一次品读都悟新真谛。

文学理论指导文学创作，文学之路上有不少文友都知道这部作品，不少人还从中受益，还别说，我就受益颇丰。

书中章句，在此也就不一一列举了。为什么要拿这部经典破题开篇呢？

假文心雕龙

当今时代，视频大行其道，拥有纯文学或者文学之"文心"的作者们还能否坚守，还能否永葆初心？另外，大家在创作中，经历风霜雨雪，书写人生苦辣酸甜，还能否游刃有余般"雕龙"刻凤？

不是人间无古韵，文章齿轮转铿锵。

繁华世界，有时有浮躁之心，在所难免。只是，各位同道知音：文章千古事，得失寸心知。

知文心雕龙

得失寸心知，知什么？

看过《与辉同行》直播栏目的请举手。

我看过，董宇辉的文心，那是不弱忒强。人家是文心剔透，人家是雕龙神通。

没有小作文，人家照样出口成章。人家是博古通今，人家是学贯中西。

我失眠时猜，董宇辉，应该知道《文心雕龙》的。文心雕龙者，一问寸心知！

试文心雕龙

时代再发展，AI再发达，还得需要原创。读经典，学用经典；做原创，再谱新篇。

原创的文章，有智慧的审视，有善良的判断，有心潮的澎湃，有手心那一泓宛如溪泉瀑流的攥汗，任掌纹纵横，她自奔泻蜿蜒……

爱文心雕龙

时代发展，各种休闲娱乐形式粉墨登场。不过，再发展，也不影响文学作品蔚为大观，文化的力量盛况空前。

还是说：不信人间无古韵，文章发轫谱新篇。

写手作家有文梦，文心雕龙向阳开。没别的，让文梦照进现实，起码是我，应该也是大家的期盼。

春天里，一簇簇迎春花开；夏天里，一田田荷花绽放；秋天里，一树树桂花飘香；冬天里，一片片琼妃霓裳。

感恩天地万物，热爱自然花草，陪伴亲友知音，蘸墨书写春秋。

乾坤大美，日月小酌，诸位文友，何妨文心雕龙？

王　芳
广东广州

山村青年

　　大活鸡、腊板鸭、土猪肉、纯蜂蜜、客家米酒、小黄姜、小芋头，后山砍回来晒干了的一大捧鸡骨草……纸箱塞，袋子装，坛子罐子一股脑往车上搬。又想起鱼缸里的斗鱼，捞了十几条起来，用个透明大玻璃瓶装了，抱上车放在脚底下。满满当当一车物装好，一车人坐好，车子才缓缓发动。

　　"谢谢大哥大嫂，我们走了。"朋友一家三口加我和梅心两个外人，一齐向热情款待了我们好几天的主人道谢，道别。

　　"再来玩！再来玩！"高壮白的朋友大嫂，瘦黑小的朋友大哥，站在坡上一齐朝我们挥手。刚才还在和堂弟打闹戏耍的子兵，安静地站在父母身边也朝我们挥手，只是脸上没了笑意。

　　"呀，子兵哭了！"咋咋呼呼的梅心突然叫起来。也不知她说的是真的还是玩笑。我心一沉，忍住没望向窗外——我怕万一子兵真哭了，我也会想哭。

　　我们到的那天，团年饭后围坐喝茶。他们亲人久别重逢，自是有说不完的话。但兴宁方言我基本听不懂，于是坐在一边玩手机。玩着玩着，我悄声问坐在我对面的朋友的儿子："他们这儿Wi-Fi密码有不？"小子从手机上抬起头摇了摇，转向坐在他旁边的高个男孩。男孩一头电过染过的黄发，大冬天的仅着一件白T恤、一条薄运动裤，这就是子兵。他一本正经地拿过我的手机："我帮你输。"

过了一会儿，我才搞清楚，子兵是朋友大哥的小儿子，跟朋友的儿子是堂兄弟，同龄人，但他没上大学，职校出来就去外地打工了，"跟师傅学会了修电梯。上班都几年了。"

不记得我们是怎么搭上话的。反正我在问梅心小视频怎么剪的时候，他就会停下手中的游戏凑过来说："你下个剪映啊，我用的是快影。"如果你再问，哪个好用？快影是啥样的？他就把手机伸过来，"你看你看，这个图标啊。操作都很简单方便，很容易学会的。"不厌其烦，有问必答，答完还补充。完全不会像一些城里孩子那样只顾沉浸在自己的世界里。

很快，他对我和梅心，就像对多年未见的堂兄一样，迅速亲近热络起来。我们与他父母几乎同龄，他调皮地不叫我们阿姨，而是叫姐姐。一口一个"芳姐姐""梅心姐"地叫，逗得我们两个老阿姨心花怒放。也不记得我们是什么时候互加微信的，反正接下来的几天里，在一起有聊不完的话题，不在一起就不停用微信呼叫：起床了没？今天玩什么？要吃饭了，快过来！想不想去玩烧窑鸡？

在那儿的几天，不难看到，他父母除了每天三顿饭好吃好喝地招待我们外，还要火急火燎顾着家里的狗猫鸡鸭鹅，还有几十头大肥猪，有时还要去菜地田地，有时有客人来，难得有空闲着。也没人交代要他带我们陪我们，但很自然地，我们感兴趣的事，他无不热情响应，且一一成全。

看蜜蜂？它们喜欢有光的地方，你看晚上我们吃饭的时候它们还往屋里飞。看猪？它们会自己咬开水龙头喝水，是不是聪明又独立？猪不能太瘦，也不能养太肥，重量得控制到一个标准，否则卖不到好价钱，口感也不好。我平时也和它们一样控制体重锻炼身材的，我以前有八块腹肌的！！看大白鹅？那个是鹅蛋，但它是别人家的鹅，我们不能捡这个蛋。看刚出生的小狗？小心母狗咬哟，别看它眯着眼，随时盯着你们的一举一动呢！想钓鱼？好啊，明天带你们去，家不远就是鱼塘。专业钓竿，长的短的，简版的高级的，你们自己选了上阵试，教你们如何用菜叶钓大鱼。没放过烟花？不怕不怕，芳姐姐，你过来点一个？（我还在犹豫，他已把打火机递到我手上了。）去给百岁外婆拜年？去姑舅伯姨叔叔婶婶邻居好友家拜年？好啊，同去同去！去镇上温泉街泡温泉？对啊，能美容呢。我带你们去一家有大池子的。叫上我妈？好！（立马跑到他妈身边又拉又劝，他妈笑着一个劲儿推辞，看得我们哈哈大笑……）

人生风景，如梦如幻。比风景更吸引我的，永远是人与人之间的缘分与情谊。最怕情深意浓话离别。我们和子兵约定，待他新婚之日，再去他的家乡见！

夏 明

上 海

兰溪棹歌

　　《兰溪棹歌》，是兰溪江上行船摇橹时船家唱的船歌。年少时我听过，那时候我随母亲下放在兰溪农村，村前就是日夜流淌的兰溪江，清流宽阔，碧波荡漾。在江里凫水打闹、捉鱼摸虾、捞猪食水草，于岸上看载客的小火轮突突远去、运货的拖船缓缓行来、手划的渔舟捕鱼撒网。兰溪江上流动着我许多难以忘怀的记忆。

　　兰溪是我的第二故乡，我与之有很深的情感。逝者如斯夫。漫步在江岸的堤坝上，怀念似水流年，在早春的风中寻找少年情怀，朝霞染红的江水还是那么天真无邪，想起那时候设在村里祠堂的小学校教过我的那个灰白头发的老师，他声情并茂的领读浮现，粼粼波光中，我又听到了《兰溪棹歌》从心中传来……

　　"凉月如眉挂柳湾，越中山色镜中看。兰溪三日桃花雨，半夜鲤鱼来上滩。"《兰溪棹歌》千古传唱，脍炙人口，兰溪人无不耳熟能详。这是诗人戴叔伦泛舟江上、夜宿兰溪时创作的名篇。朗朗如民谣、小调，朴实无华但又纤丽、秀气，绘声绘色、艺术地再现了兰溪江上夜色里的月光、湾柳、河滩，与倒映水中两岸的自然恬静和愉悦欢快的心情。

我是在传诵千载的《兰溪棹歌》中的兰溪之畔长大的，润物有声，这或许是我印象最深的一首唐诗，语句隽永，意境至胜，我不知道我最初对自然山水、人文风情的认知和诗意情怀的领悟与感受是否始于此，但无疑，它对我文学爱好的培养以及后来的学习写作有着启蒙的意义。自然熏陶、生活景观、艺术感动，关照初来乍到的陌生和茫然，《兰溪棹歌》抚慰过一时贫乏里的窘境思想，营养了我少年内心的安然平和与诗意情怀。

兰溪"邑虽褊小"，但却是浙中平原上的富庶之地，一直有"小上海"之誉。"三江之汇""六水之腰""七省通衢"，或许是水路发达，自古商贾云集，水上帆樯林立，岸地人烟稠密，遂成一方之势，成了商品流通的集散中心。北宋诗人杨时《过兰溪》诗中"不问扬澜与彭浪，翩然东下日千艘"写尽了兰溪商贸集市热闹繁荣的景象。

作为唐朝水路上一个重要的节点，兰溪历史文化底蕴深厚。自唐咸亨五年（674）建县，一千多年来，凡经此地的文人墨客无不为此动情，赞美咏叹，留下了数以万计的诗篇。"两岸千千万万峰，看来冷白复寒红"，流连忘返，南宋诗人杨万里一人就留下了18首描写兰溪美景的诗。江流百里，人文荟萃，兰溪山明水秀、风光旖旎："越船一叶兰溪上，载得金华一半青"；"泛泛桃花舟，春江縠纹起"；"兰陵山下翠烟浮，溪水潺湲九曲流"；"兰花十里照春水，山鸟无声香自幽"；"平滩如剑界中流，翠竹帝风系钓舟"；"郁葱紫气自南来，晓映晴峦锦嶂开"；"山花雨打尽，满地如烂锦"……

　　且行且思，渐行渐远，不觉已走到横山。登顶横山，观三江汇流盛景，郁达夫就是在此写成了著名的《兰江夜泊》："红叶清溪水急流，兰江风物最宜秋。月明洲畔琵琶响，绝似浔阳夜泊舟。"念念不忘，后来他还详记道：横山一朵，就矗立在三江合流的要冲，三面的远山，脚下的清溪，东南面隔江的红叶，与正东稍北兰溪市上的人家，无不尽收眼底，像是挂在四面用玻璃造成的屋外的水彩画幅。更有水彩画所画不出来的妙处哩，且看青天碧水之中，时时在移动上下的一面一面的白鹅似的帆影，彩色电影里的外景影片，究竟有哪一张能够比得上这里呢？

　　这些无不都是"兰溪棹歌"啊，寄情自然山水，歌咏毓秀钟灵，绘声绘色，把兰溪风光唱得优美。等闲识得东风面，万紫千红总是春。是啊，哪里能够比得上这里呢？故乡永远是最美的，我一次次地回来不就是为了倾听内心响起的棹歌，安放对故乡的眷恋和热爱吗……

孙思华
山东宁阳

听丰子恺先生讲课

　　丰子恺先生的散文很好读，看了开头就刹不住车，必须得一口气读完，才觉得浑身得劲。特别是他的《图画与人生》，我读了十几遍，越读越觉得他讲的道理就是深入浅出的摄影理论，每读一遍，就感觉是又经历了一次身临其境的听课。

　　"学生走到饭厅，先用眼睛来吃，觉得很好。随后用嘴巴来吃，也就觉得还好。"我是搞摄影的，觉得他就像很慈祥的祖父母给孙子做汆丸子一样，把复杂的猪肉剁成细碎的肉泥，再做成很好吃、很好嚼的小肉丸，捧给读者，让人很容易消化和吸收。你看，"学生走到饭厅"，说的是摄影人来到了风光旖旎的拍摄地准备搞创作；"先用眼睛来吃"，说的是摄影人先从众多景物中选择心仪的美景和最佳角度；"随后用嘴巴来吃"，这就是拿出了照相机对所要表现的主题、色彩等进行构图；"也就觉得还好"，快门按下了，美景留住了，通过回放，咦，不错！拍摄完成了。艺术是相通的，尤其是图画和摄影。本来，摄影是图画的分支，是从图画分离出来的，摄影是留住记忆，图画是加工记忆。而丰子恺先生是美术大师，所以我咂摸着他的图画理论里含有大量的摄影知识。

丰子恺先生继续给我们上课。"要仔细观察花、叶的形状、大小、方向、色彩"，这是手把手、心贴心的指导。观察的过程，也是运用所学知识和创作经验对拍摄对象去粗取精、去伪存真的甄别过程。但是，光观察还不够，必须"仔细观察"，浮光掠影不行，浅尝辄止不行，必须身入和心入。只看到了花或叶的形状还不够，还要观察其大小，以便确定镜头的远近，讲的是身入；还要看清花、叶的方向是朝哪里发展的，便于构图，要求摄影人要心入，因为花或叶的方向构不好图，譬如横放或者竖放在画面的中间，那就把一个作品分割成两部分了，就散板了，"偏废了美"。色彩是评价一幅摄影作品优劣的六大要素之一，它是最先抓住眼球的颜色，有强烈的情感表达。通过阅读丰子恺，细读其散文，研读《图画与人生》，我觉得，自己20多年的摄影实践和点滴成绩，无一不是潜移默化地按照先生苦口婆心的指引才走上成功之路的。

"人生不一定要画苹果、香蕉、花瓶、茶壶，原不过要借这种研究来训练人的眼睛，使眼睛正确而又敏感。"图画有很多流派，摄影有多种风格。我这样理解先生的教导：摄影百花齐放，影人百家争鸣，既要有苹果风格、香蕉流派，还要有花瓶点缀、茶壶创作……而先生是这样讲课的，更是身体力行的，他在长期的艺术生涯中，博取众长，自成体系，多有建树，被世人尊为著名的散文家、漫画家、文学家、音乐家、教育家、翻译家。同样的道理，我辈在摄影领域里，必须广泛涉猎，多练技艺，不仅拍摄新闻照片，也要搞些艺术创作；不能光拍风光美景，也得留点体育瞬间。关键是，要从众多门类中触类旁通，最后确定自己的主攻方向，也就是先生所讲的通过"训练人的眼睛"这些前期的练习和积累，达到"使眼睛正确而又敏感"的飞跃，进而创作出伟大的传世之作。其实，"使眼睛正确而又敏感"只是摄影的好处之一，先生是为了启发后人再接再厉。好在我注重了脑勤、腿勤、手勤，归纳了一点思想，辑成拙作《摄影的十大好处》，权当是对先生举一反三的教学理念的一点认知吧。

阅读一短文，胜摄十年影。我觉得，《图画与人生》不仅是一篇脍炙人口的散文，更是一本难得的摄影教材！

王 艺
———
上 海

海上拾光

如果通往过去的转换门能被机械钟表的嘀嗒声唤醒，穿梭时空，那边会是谁的声音？

她娓娓道来："我是一条河，沉淀着古老的泥沙，千百年间蜿蜒流淌，听闻酒罢又烹茶，只见舢板频往，历经了从田野褪去、市镇云集到开埠跃级、工业繁荣，逐步从生产岸线转入关乎生活和生态的岸线，清清浊浊、浊浊清清间见证了内河航运的起起伏伏。于是，很多人把我唤作繁华都会的侧影与守望，只因为我是他们祖辈们落脚扎根的首岸，倒映着这些人懵懂嬉戏的童年、热情奋斗的青年和开始追忆的如今。当然，坐听过轰鸣响逝、眼看过高闾起倒的我，深知海上的风起云落与花无百日，也懂这一生的度过，总归还是人间烟火气，最抚凡人心呀。"

另一个深沉的声音传来："我是一条江，虽无名山秀岭做伴，却穿百里港区，洋派大气，气象开阔。也许，现在很多人把我当作最熟悉的风景，仿佛与生俱来就带着'热度'和'网红'气质；但在我的视野里，我因水患而生，那头是湖，这头是海，是'黄浦夺淞'的汗水造物，是'淞注黄浦'的改命妙物，保一方、稳一心是我的初始，只是恰巧与当时的局、当地的人彼此成就，在浪奔浪流里互为风景罢了。"

"我知道你们啊，我就是你们的孩子。"一个声音，正试图从门的这边向那边倾诉，"流动的水是这座城的源，没有了你们，这座城就少了根和灵气。那年我还小，是你们用自己的速度流入了我的生活，启迪着我，让我在你们的传述中，历久弥新地解读着这座城的奋斗史：那些依托水系而繁荣的码头、喧闹的厂区、拔地的大楼和绿意里的宅子，哪怕在岁月里模糊了形象，也会因为你们的涌动而蜕变新生、串珠成链。对我而言，海上的江河显然不是霓虹灯下的幻动、咖啡香里的虚无，更不是影像里的故事；你们是我的生活，是早起的白粥与酱菜，是孩子肩头的书包、老人腿上的膏药和记录工作的笔记，是这座城给我们的最好资源，鲜活、质朴而真实。"

时光已逝，拾不起的是过往，拾得起的是涌动不息的心。江河在，我们就是永远追逐着光的人。

王晓廉
北 京

森林鸟语

"叽叽！喳喳！""叽喳！叽喳！"……

黎明，我一觉醒来，就听到窗外的大树上传来清脆、欢快的鸟啼声。树叶太繁茂了，树上的鸟儿是看不见的。

林城伊春的这座宾馆建在山坡上，紧挨着森林公园。宾馆门前窗后都是野生的大树。正是夏季，枝繁叶茂，不愧为小鸟的天堂。黎明静悄悄，鸟啼分外响亮。我披衣走出宾馆大门，院子里有好几棵大槐树，一群群小鸟儿争相欢叫，歌唱黎明。那是灰雀还是黄莺，我辨不清，但我喜欢这种清纯、甜美、婉丽的声音——只有在林区才能听到的天籁之声。我想让在家里的女儿能听到森林里美妙的歌声，便赶紧拿出录音笔进行录音，以便回去时给她带去一份惊喜——这份来自大森林的礼物。

远处，传来更嘹亮婉转的鸟啼声，我忍不住步出宾馆大院，顺着森林公园栅栏外的蜿蜒小径向山上走去。栅栏外是更茂盛的森林。太阳刚从山后升起，森林深处还显得十分幽暗，但树梢上的叶子已被阳光照射得透明，显淡绿颜色，外缘镶着金边。

叶子稀薄处露出淡青色掺杂着玫瑰色霞光的天空。这片树林里的鸟儿好像都是独居，但啼叫声很嘹亮、很优美。我的鸟类知识很贫乏，只能分辨出"布谷布谷"叫的是杜鹃，"咕嘟咕嘟"叫的是斑鸠。突然，我听见一棵大树上有一只鸟儿叫得格外委婉动听。"嘟噜嘟嘟噜——"啊，这是画眉鸟的歌唱吗？它能一连唱出七八个变化丰富的音符，像个灵巧的女声独唱歌手。我怕惊动她，就蹑手蹑脚地向树下靠近，并悄悄打开录音笔开关，将动听的歌唱储藏起来。

太阳升高，阳光直射下来，森林一下子变得明亮、清新起来。鸟儿受了感染，各种声部一齐协奏，简直像个合唱团。大概，也只有在这小兴安岭的大森林里，才有这么多的鸟儿、这样多的种类在无忧无虑地歌唱。我体味到了古代诗人写鸟鸣山幽的情趣。

到伊春丰林保护区时，我发觉这儿的鸟儿比别处更繁多，鸣叫声也更为优美动情。这里是未曾开采的原始森林，山峦起伏，一山比一山高。挺拔的红松耸入云霄，每棵都有几搂粗。从山下沿着曲折的山路往山上走，泉水淙淙，凉风飒飒，不时有潮水般的松涛隐隐响起。四处鸟鸣仍不绝于耳，让人忘了累，忘了渴，真想让自己也变只鸟儿与她们为伍，在林间快活地嬉戏、跳跃、歌吟。

仔细听，我发现这里的鸟儿不是群唱，也不是独唱，而是对唱，或叫二重唱。这棵树上的鸟儿啁啾鸣啭一阵儿，那棵树上的鸟儿也鸣啭啁啾一阵儿。清脆、圆润、缠绵、和谐。这种美妙的啼唱，音阶流转变化，是文字根本无法描摹出来的。有时这边啼唱的音符绵长，那边的音符短促；有时这边的音符高昂，那边的音符低缓。一阵儿，像是在轻声互相亲切问候；一阵儿，又像是互不相让，赌气斗嘴。过一会儿，像是和解了，相互道歉说声对不起；一会儿，又像在倾诉情话，爱意缠绵。有时，仿佛在诉说谁也解不开的谜语，听不懂，只觉得愉悦、有趣。

其实，鸟的语言是一首首朦胧诗，怎么理解都可以，全看听者的心境如何了。这时候，我最大的愿望是能有一把藤椅，向后仰卧在那儿闭上眼睛，绝去一切尘世杂念，宁静心态，倾听鸟儿窃窃私语。

登上原始森林的顶峰，恰巧雷雨迅至，夹杂着冰雹，霎时云海翻腾，雾雨茫茫，古树摇撼。雷声隆隆震抖着脚下的山石，像要把人掀入山谷。我吓得躲进守林人的小屋。不一会儿，雷雨渐小，我以为鸟儿们一定吓得躲藏起来了。然而，当我顶着山雨挤进林子，嘿！鸟儿们照样在树上歌唱，音韵反而更加清润甜美。大概，即使在刚才雷雨冰雹最猛烈的时候，它们也照样在歌唱。以弱小的生命向强暴抗争，以歌声向世界证明自己的存在。

郑祖伟

上 海

我梦见一只猴子

　　傍晚，校园的路边向来不爱开灯，只余下几缕零散的光线幽幽地映照在往来行人的脸上，他们明明是笑着的，看起来却显得阴森森的。人类除了觅食，总是不爱在白天出门，我也是其中之一。我慌不择路地躲进家中，任凭衣服被随意丢弃在椅子上，直至浸湿一整个椅背。我迅速拉上窗帘，爬到床上，剩下屋里通明的夜。

　　我闭了眼睛，昏沉地转身，小心翼翼地把爱不释手的《西游记》放在枕边。夜里阴风怒号，衣服打湿了走廊，我在蒙眬中，梦见了一只猴子。

　　这只猴子自由、恣意，也很无知。他遵循天意，他是从天而来的白色龙鳞，耀眼夺目；他在空中翱翔，筋斗云的尾翼勾勒出银河，变幻无穷无尽；他轻轻一蹬，便收起猴子猴孙，再次归于太一。

　　梦里，花果山遍地是鲜红的桃子。小猴儿捧着野果，嘴角挂着红色的果浆。那日天空未曾下一滴雨，山里的泥土却早已黏稠泥泞，散发着原始的铁锈味。猴子们换上了红色的衣裳，迅速地朝着水帘奔去。

他从瀑布下缓缓走出，双眼布满血丝，金箍棒向地面一撑，举身朝天上挺进。他踩着花果山漫天的飞雪，随着满山猴鸣，对抗着天上无尽的梵音。

我听不清天上的声音，只能看见水中的倒影。金色与黑色交织，碰撞出一声又一声的声音，清脆而有力，震得我脑中嗡鸣，从梦中惊醒。那是屋外施工声声不断的机器轰鸣声，还有透过帘子的疲惫的日光。

我还没有梦见终章，便重新盖好被子，试图回到猴子身边去。我想，故事的结局大概就是猴子戴上了金箍，随着马儿和猪儿，跟着大和尚向着西天去了。我却又不忍心，因为那是不愿进阶的猴子、不愿死掉的猴子、不愿被束缚的猴子……

梦里，一座枫叶覆盖的山下，他以棍为杖，停留在洞府入口。他奄奄一息，四肢与七窍都流着通红的血，透过破碎的眼底，看不见任何东西。一时间，狂风四起，飓风卷起枫叶，被带进通碧的空中。山如枯涩的井，叶如炽热的水，山中却没有一点点回音，只有晕开在猴子身边的影。猴子猛地咳嗽了一声，这斑驳的树影惊得缩起了身子，悻悻地回到天上。

梦中的场景逐渐清晰起来，那是进阶的猴子、死掉的猴子、被束缚的猴子。可是，我也清楚地看见，他空荡荡的额头上，不再有金箍。我知道，他没有死在去往西天的路上。

我走向猴子，想把他抱进身体里……

我正要抓住他的毛发，却再度听见了天上无休止的梵音。头疼欲裂，如同一只金箍紧紧锁在我的头顶。视线逐渐模糊，猴子的身影被音波撕成了碎片。我不知如何，似是惊吓般地清醒，只感觉到屋外人声鼎沸的机器低语，还有枕边静静躺着的《西游记》。

天亮，我又得走入机器的人潮，坐在高楼中属于自己的地方。我想到了梦中的猴子，我还记得他。我要趁着属于猴子的记忆还算新，把他一笔一笔记下。哪怕我身陷囹圄，但总想着，要给不愿成为"他者"的猴子立一块墓碑。

书里的猴子取得了"真经"，梦里的猴子却已逝去，而无数只走出花果山的猴子，依旧漂泊在路上。我记录好梦中猴子的种种，收起《西游记》，向着高楼外走去，希望着我能与梦里的猴子一样，去往的地方不是西天，而是天地。

于 杭

河南南阳

二月河先生的"旧物"

　　二月河先生去世之后，每年总有那么几次经过梅溪路南端的时候，不自觉地要抽出时间绕到那已人去楼空的红砖小院子外，静静地站上一会儿，默默地看上一阵子。

　　或许如我一样，不少南阳人已把老人家那幢已显破旧的小院视为南阳的某种象征。稍显遗憾的是，由于城市更新的需要，去年初冬时节，二月河先生的这幢旧居要拆除重建，先生的家人也及时把旧居的物件清理搬走了，剩下空空的一个荒院了。我知道后，在旧居拆除前夕的一个早上，早早趸到了小院去做最后的"告别"。

　　院子只剩下一些废弃的坛坛罐罐和无法搬走的花草竹子，还有两架已落叶的老葡萄藤。一些废纸片凌乱地堆在屋里。我蹲下身子下意识地翻拣着那些废纸，也没希望发现些什么，却不经意地看见一卷废纸中，几页打印的文字上有二月河先生用笔涂改的字迹。我便仔细地抽出来细细品读，原来是澳门一家文化社团邀约先生参加文化交流活动时，先生写的一个供发表的"贺辞"。这大约是定稿前的一次修改稿,其中一大段写的是南阳历史上文化如何灿烂,先生对家乡文化的赞誉之辞溢于言表。

先生曾经给我第一本作品集写过序,也是在打印稿上认真修改校阅,这可能是先生晚年写作的习惯。而这偶然在废纸中觅得的先生手迹,自当奉为"珍宝"。我小心地抽出这几页用本子夹好装入一个袋子中,算是意外的收获吧。

出门准备离开时,回头再看那院子里依然青葱的一畦兰草,芳菲依旧,生机盎然,真有点依依不舍。于是就从工地找来一把铁锹,顺手挖走几株。知道这玩意儿易栽好活,可以移植到我那个小院里。看到院子里还有些坛坛罐罐,也觉得弃之可惜,又挑了两个粗瓷大花盆和一个封了盖的粗瓷罐子。罐子不大,用白石灰封住,端起来摇摇,内有水声,大概是冬天下雪时坛内封有雪水吧。似乎记得二月河先生在一篇文章中,记述过冬天的雪水可以治冻疮的说法。这也许就是某个冬天先生封雪于坛的"纪念"吧。在院子的角落处,还有一只沾满泥土的手电筒。擦掉泥土一看,光亮如初,还是上海产的虎头牌呢。院子东北角的旮旯处还有一只断了木把的九齿钉耙,大概是先生过去用来收拾院子种菜用的工具吧……

回到家中,小心翼翼地把这三个盆和罐放在院子里的树丛下,把那几株兰草精心地栽到屋檐下,把那钉耙装上个木把试了试,还挺顺手。更让人惊喜的是,那手电筒装上两节大号电池,居然还会亮,一下子让人找到了童年时期走夜路时,拿着手电筒上下挥动,眼前光芒四射的样子。

二月河先生离开我们已经五年多了,他位于城北紫山的墓前空留下袅袅青烟和无限回想。而这次无意中遇到并保存的这些旧物件，让我在回忆中擦亮往昔的时光，仿佛又看见先生胖胖的身影，带着憨厚的笑容，向我们姗姗走来。尤其是下雨的时候那房檐上顺流而下的雨水，落在了那依然青葱的兰草上，滴滴答答，犹如时钟拨回了过去的时光……

张艳琴
贵州盘州

写给丈夫的一封信

亲爱的老公：

见信安！

提笔给你写这封信之前，我的脑袋一片空白，我想到底该对你说些什么好呢，毕竟我们朝夕相处，想说什么随时可以交流。但我又仔细一想，真的有些话，我还从未正儿八经地对你说出口，在这里你可不要瞎想，这绝对不是一份表白信，什么"我爱你"之类的暖心话语，在此信里你可看不到哟！

言归正传，这次给你写信是发自肺腑地要给你说三件事。

第一件事：感谢你。在婚姻生活中，你真的是一个不错的好搭档，家里的重活累活都被你"独享"了，从不给我"分享"的机会。同时，你还掌握着家里的生活"大权"，家里的柴米油盐都是你在操心，家里的生活琐事皆是你一个人包揽。偶尔我有机会与你一起去逛超市，你总是要把我们买的东西检查一遍，看价格合不合理、是否值得买，重要的是仔细查看保质期等，好不容易才挑选出自己称心满意的东西。因此，每次与你一起逛超市，我总是嫌你太磨叽。

这些生活点滴细节，太普通不过了，以至于我从没真正留意过，你却默默无闻地耕耘着。感谢你，在婚姻生活中承担我们该承担的大部分，婚姻生活中点点滴滴都是事，都是你在全力面对。感谢你，用你的一言一行让我也开始一点点地改变，一点点地成长。希望在接下来的日子里，让我跟你一起分担，共同履行我们的生活责任，让我们的生活变得更加美好。

第二件事：批评你。为什么要批评你呢？答案很简单，一个字"懒"。你懒得吃早餐，宁愿早晨多睡几分钟也不愿意吃早餐，可你知道吗？不吃早餐对身体非常不好。有好多次你都说胃不舒服，我想这大概是你长期不吃早餐造成的。

你懒得运动，你不喜欢运动，每次饭后都要坐很久，从我与你认识起，你已经胖了10公斤了，而且还在呈上升趋势。以前多挺拔的小伙子，现在有了"将军肚"，好几次参加体检，报告单都显示有脂肪肝，这都是你缺乏必要的运动造成的。

你懒得早睡，"月亮不睡你不睡，你是熬夜小宝贝"，这原本是跟小孩说的话，用在你身上却很合适。你总喜欢熬夜，大晚上还抱着手机不放，手机没电了，充了电又继续你的"夜生活"。第二天早上要我当你的"人工闹钟"，偶尔还因为你早上起得晚而拌嘴、闹小矛盾。你发现没有，因为熬夜，你额头上的白发越来越多，眼睛越来越凹，比同龄人看起来要衰老许多。三天两头就感冒，你的不规律作息已经严重影响你身体的抵抗力了。

第三件事：提醒你。主要是在工作上的提醒，你是国家公职人员，一定要秉持廉洁、奉公、干净和担当的工作作风。从内在来说，廉洁是一个人的品德行为，做事要光明磊落，是对自己个人品质的修炼和自己人格的负责。

你要以工作为主，当然兼顾家庭，爱岗敬业，对工作认真负责就是奉公最好的诠释。干净做事是任何职业都必须遵守的原则，"打铁还需自身硬"，只有自身干净，一身充满正气，才能堂堂正正生活于社会中，才能更好地实现自己的人生价值。

你要主动履行自己的工作职责，因为担当需要坚韧的毅力，它是一种精神，是一种品质，更是一份责任。一个人履行责任不能光是嘴上说说，而是要敢于担当。

作为公职人员的你，我说的要你廉洁、奉公、干净和担当这些话，你比我还听得多，有些事你看得比我还远。但还是要提醒你，因为一个提醒，可能是人生最后一道保险，在关键的时候，它会发挥应有的作用，多些提醒，少些遗憾。

就写到此吧！我知道比我年长几岁的你，我说的这些你都懂，但我想在这里当一次"姐姐"，盼你见信后把我对你说的话读进心里，驻留心中。未来之路漫漫长，希望我们相依相偎，在酸甜苦辣咸的生活里，相互扶持，携手共度余生。

祝：身体健康，工作顺利！

此致

敬礼！

你的老婆：张艳琴

2024年7月27日

张 祥
安徽合肥

夜行者

古时，人们讲究日出而作，日落而息。

现代得益于科技的进步，人们用灯光驯服了黑暗，让人们多了在夜间出行的时光。

刚过12点，本该是新旧交替、万物沉眠的时刻，我却无法入睡，穿上一双合脚的鞋，走进了灯火之中。

夜晚似乎并不是独属于我一个人的舞台，楼下的街道上，还有其他夜行者在灯光下继续自己白日未完成的生活。

火焰与香辛料是这条街的主旋律，酒瓶碰撞与朗声畅谈是直入耳畔的歌谣。

在这里，人们似乎忘却了睡眠，忘却了白日的辛劳，仿佛在这本该安然入睡的时刻，才重新找到了真实的自己。

对此我习以为常，因为我也是如此，我轻车熟路地加入了这群夜行者的队列，找了个还未收拾干净的餐桌，安静坐下。

一瓶啤酒，一碗炒面，虽不奢华，果腹却绰绰有余，相比起以往人们的一日两餐，我似乎习惯了一日四餐的生活。

耳边总有人声传来，有业务员对客户的牢骚，有已婚人士对家庭的吐槽，也有一位父亲和好友吹嘘自己儿女带给自己的骄傲。

对此我并不觉得吵闹，反而感慨或许这才是他们离开了床榻来到这灯光下的原因。

享受着这白日自己无法接触到的烟火气，延续着白日里不便维护的友谊。

"在呢！"

"来啦。"

两句简单的对白，我的对面又多了一个食客，点了一份饮料，又点了一份炒饭，开始大快朵颐。

"下夜班了？"

"没有，刚上班，最近来旅游的人越来越多，晚上也不缺客人，我得趁着这个机会多赚点，毕竟家里又多了张嘴。"

"恭喜恭喜，怪不得你今天没喝酒。"

"谢了，我可是牢记喝酒不开车，开车不喝酒的。"

简单的对话结束，食客举起手中的瓶子，示意与我碰杯。

我欣然接受，冰爽的啤酒顺着喉咙滑落，带走了白日留下的最后一丝燥热。

我不知道这位食客的名字，也不知道他的住址，我只知道，他每天这个点都会出现在这里，或是点上一瓶啤酒，或者如现在这样来一杯饮料。

但是雷打不动的主食，永远是那份最简单的炒饭。

灯光依旧在我的头顶为我们驱散夜幕，连飞虫也知道聚集在灯光下可以享受到它们白日不敢招惹的光。

等盘子里最后一颗米粒被舌头卷入口中，食客拿出手机，对我点了点头，便离开了灯光覆盖的地方，融入了远方的黑暗中。

但我对此并不担心，因为我知道，在其他地方，还有一片属于他自己的灯光会眷顾他。

这一份光只属于他自己，让他在黑夜中也能直视远方。

这让我无比羡慕，因为我还没有找到属于我的那份光。

手中的啤酒已经见底，炒面也被吃得一干二净，可是我并没有离开这里，而是聆听着其他食客互诉愁肠。

这或许能给我带来一些全新的灵感，来为我书中的角色们增添一抹人性的光。

路灯常亮，但是灯下的夜行者们却逐渐离开了这片光，有的继续走进了黑暗，有的则是沿着光去寻找属于自己的床。

我也加入其中，但没有进入黑暗，也没有去找床。

而是去寻找另一份光。

不属于我自己，却可以在这一刻让我独享的那片光。

张则桐

福建漳州

在老家的银杏树下打个盹

又到了立冬节气，生活在闽南小城，对季节的变换已经有些迟钝了。身上依然穿着单衣，外面满眼绿色，真的没有感受到冬天的气息。在这个时节，独坐书斋，不禁想起老家院子里的两棵银杏树，此时应该满树金黄，落叶纷披。

我的老家也算是银杏之乡，我们那里叫它白果树。在我年幼时老家村里的银杏并不多，比较常见的是刺槐、梧桐、椿树、楝树等。1990年以后，由于城市绿化的需要才开始大量繁育银杏树苗。我对银杏树的喜爱，更多来自南京师大随园校区留下的印象。随园100号楼两侧各有一株老银杏，如今已用铁栏杆围起来，成为网红打卡景点。每年的秋末冬初，巨大树冠上的金黄树叶，掩映于红墙青瓦、曲廊飞檐之间，美得让人惊心动魄。100号楼后池塘左边还有一棵年轻的银杏，有拱把粗，枝叶呈伞状张开，树姿挺拔舒展。在随园读书时，我特别喜欢春天从这棵银杏树下走过，鲜嫩的绿叶发出耀眼的光芒，让人心生愉悦。

我在随园的学业还没有完全结束，年迈的父母相继撒手人寰，故乡那个温暖的小院从此冷清沉寂下来。父亲去世后，二哥在小院种下两棵银杏，我也来到闽南谋生，与故园渐行渐远。这两棵银杏守着一方小院，在岁月的轮替中成长起来，逐渐枝叶舒展，树干粗壮，显现出健壮优美的身姿。如今已经高大挺拔，差不多可以合抱了。有一年清明我回家扫墓，院子里一片生机，几株草花正在灿烂地绽放。银杏刚刚抽出细嫩的叶子，新绿照眼，让我有一种沉醉的感觉，仿佛走在随园的银杏树下。我更多是在冬天回去看看，树叶尽脱，枝干清爽，地上还有一些残叶，满是萧瑟之感。唯独秋末或者冬初，我没有回去过。此时金黄的树叶闪烁着温暖的光芒，一阵风吹来，几片树叶随风飘落，想到这个场景，我心中充满了伤感和惆怅。

今年立冬，在温暖的闽南，我又想起故乡那荒芜的小院，银杏树飘落的黄叶。在这个季节，东晋大书法家王献之说过："从山阴道上行，山川自相映发，使人应接不暇。若秋冬之际，尤难为怀。"王献之是个早熟的人，他尤其沉醉于秋冬之际绍兴山水间的色彩，此时秋尽江南，而草木未凋，绿叶、黄叶、红叶，斑斓错落，把山水染成绚丽的空间，在浓烈之中显示出成熟感伤的气韵。与王献之同时代的桓温虽然是个武人，心中却有诗意，他拽着曾经手植的如今已经非常粗壮的柳树枝条发出"树犹如此，人何以堪"的慨叹，可以想见他对时光流逝的敏感，树木的外形变化可以明确地提示我们生命的消逝。在《项脊轩志》的末尾，归有光写道："庭有枇杷树，吾妻死之年所手植也，今已亭亭如盖矣。"平静的文字下面是汹涌的感情波澜和深沉的喟叹，短短几句话在不经意间会触动读者关于生命的忧伤，这正是归有光文字的魅力。

银杏之美，在于它的叶子随着季节的变化而呈现丰富的色彩：春天清新，夏天蓬勃，秋天成熟而灿烂，灿烂之中又有几分伤感。银杏是属于中年人的，尤其属于漂泊异乡的已经白发苍颜的游子。对我来说，故乡的印象逐渐模糊，通往故乡的路也长满了野草。然而，故乡在游子的精神世界里是一个重要的存在，小院中的两棵银杏是打开故乡的适宜方式。两棵银杏联通着故乡的大地山河，那里有我少年的足印，有我心中最纯净、最优美的歌谣。待我老了，就回到老家的院子，在银杏树下，深秋的午后，一张小方桌、一个小板凳、一本书、一杯茶、一只土狗，听风吹树叶的声音，看黄叶慢慢飘落，然后轻轻打个盹……

孙振明
上 海

仲夏夜　江南白

仲夏夜散步,宜九时后,或更晚。

那时,所有的美好镶嵌在一个安静的背景。城市的喧哗正在散去,灯光开始迷离,东南风拂过所有的生灵。蝼蛄爬出草窠,蟾蜍跳过通道,蝉鸣或断或续,蛙声或明或灭,而花香,丝丝,缕缕。

循香知栀子。夜色朦胧,六角亭边,几朵梦幻般的白丝滑地镶在灌木丛的黑上。人越近,香越浓,甚至是浓烈了。无数的花香分子在温暖的夜风里躁动、拥挤、碰撞、欢呼,这里正发生着一场量子界的狂欢。我还是忍不住,打开手机的灯光,去细看翡翠般的叶、白瓷样的花。这样的夜晚,怎能五蕴皆空?

傍晚时分,下过一阵急雨的,栀子花里还躲着三五滴水珠。灯影里,栀子花旋开花苞,瓣似羊脂白玉,蕊是金质烨然,水如观音甘露,这哪里是花? 这分别是一盏精致、婀娜、妖娆的夜光杯。此时的情境,可与古人共情。譬如唐朝诗人唐彦谦的诗句:"庭前佳树名栀子,试结同心寄谢娘。"(《离鸾》)栀子同心,花香炙热。花盛如斯,还有比这更好的礼物吗?

几年前,也曾在窗外的花盆里种过栀子花,只是连续两次都未能成活,只好黯然作罢。但一并种下的茉莉却惊喜连连,不但原株枝繁叶茂,就连随后扦插的枝条也逐一成活。此后,五楼窗外的花架上,茉莉在无遮无拦的雨露、风光里活泼泼地摇曳、开放、飘香。有时关心不到,但闻暗香入室时,也知是茉莉花开了。

只是夏夜要开空调,关窗如驱客。每每此时,便再看一会儿。茉莉总是五七朵花一起,簇拥在枝头,高低有致,含苞的籽玉圆润,绽放的玉碗有光。微有褶皱,轻蹙娥眉。倘若有月,花与叶,光与影,香与韵,则越发香远益清了。这是梦幻时刻、结界边缘和无法与人言说的须臾。王阳明说:你来看此花时,则此花颜色一时明白起来。当然,最为中意的还是那些开窗的夜晚。尤其在梅雨时节,仿佛受到召唤,半夜里从梦中醒来,雨声、花香、湿润,杂糅与共,所有的感官慢慢清醒,然后再将所有的觉知慢慢地带入新的梦境。

茉莉花是江南闺秀,低眉垂眼,欲语还羞,但自内而外的温婉清丽却无从掩饰。这感觉应该来自《好一朵美丽的茉莉花》,初识茉莉花却是因为父亲。那时年少,父亲过年回乡时总用茉莉花茶待客。茶叶沏好,热气袅袅,满室飘香。我问:“什么香?”父亲说:“茉莉花香。”父亲已经去世多年,我仍然记得那个40多年前的场景,父亲打开小小的棕色纸袋,我像只贪婪的啮齿动物,把鼻尖深深地探进袋口。现在,窗外的茉莉花又开了,妻出门有时会摘几朵盛开的泡在保温杯里。那会是怎样的味道?我未曾探究。

　　说起来，另一款记忆深处的白兰花，也与父亲有关。大约八九岁那年，跟母亲来上海，住在延庆路的寓所。夏夜傍晚走过富民路，看到人家门口的竹凳上放着浅浅的木盒，洇湿的蓝印花布上整齐地摆放着细柔的白花和几枚硬币，便问父亲。父亲说："这是白兰花，女孩子买来挂在衣襟的纽扣上。"原来，隐约的香是因为这花。那些白兰花含苞待放，细细的棉线束着腰、铁丝系着柄，两两一对，扭成一个8字环，有象牙的白、纤弱的黄和贞静的香。弹硌路、石库门，曲折的弄堂，白兰花，那个傍晚，这座以繁华著称的城以另一种精致的样式进驻我的记忆。多年后，生活在这个城市的远郊，读张爱玲，看王家卫，结识水做的江南女子。夏夜无眠，遐思如流。雨后的城市霓虹，淡酒远歌，有穿旗袍的女子，红唇皓齿，眉眼生波，左襟的盘扣上有一朵白兰花。是这都会的容仪，还是江南的气质？回想当年，我向父亲提议："我们买两朵给妈妈？"父亲说："行，你选吧。"

　　访过绿地的白兰花后，时间已近午夜，该回了。

　　都市光影游移，绿地寂静无人，江南夜色融融，唯有香，缥缈，绵长，送我，或者留我。

　　这仲夏的夜，无月亦好。

　　有江南的白，化作淡淡的雪，轻轻落在心头。